16	3	2	13
5	10	11	8
9	6	7	12
4	15	14	1

CHICO MATTOSO

LONGE DE RAMIRO

editora■34

EDITORA 34

Editora 34 Ltda.
Rua Hungria, 592 Jardim Europa CEP 01455-000
São Paulo - SP Brasil Tel/Fax (11) 3816-6777 www.editora34.com.br

Copyright © Editora 34 Ltda., 2007
Longe de Ramiro © Chico Mattoso, 2007

A FOTOCÓPIA DE QUALQUER FOLHA DESTE LIVRO É ILEGAL, E CONFIGURA UMA
APROPRIAÇÃO INDEVIDA DOS DIREITOS INTELECTUAIS E PATRIMONIAIS DO AUTOR.

Imagem da capa:
Fotografia de Laszlo Moholy-Nagy, Terraços da Bauhaus, *1926*

Capa, projeto gráfico e editoração eletrônica:
Bracher & Malta Produção Gráfica

Revisão:
Alberto Martins
Cide Piquet
Fabrício Corsaletti

1ª Edição - 2007

CIP - Brasil. Catalogação-na-Fonte
(Sindicato Nacional dos Editores de Livros, RJ, Brasil)

Mattoso, Chico, 1978-
M386l   Longe de Ramiro / Chico Mattoso —
São Paulo: Ed. 34, 2007.
88 p.

ISBN 978-85-7326-383-1

1. Ficção brasileira. I. Título.

CDD - 869.93

LONGE DE RAMIRO

para Isabelle

0

A manhã invadiu o quarto sem a menor cerimônia. Ramiro ainda tentou se proteger com os lençóis, mas quando viu ela estava lá, como se dissesse: eu não pedi para nascer. Eu também não, ele murmurou, eu também não, e cobriu a cabeça com o travesseiro. Conseguiu adormecer mais um pouco, mas ela veio de novo, aguda, infiltrando-se nas brechas do algodão. Ramiro esfregou os olhos e se levantou, disposto a dar um jeito naquilo. Cambaleou até a janela. Agarrou a veneziana. Deu um tranco, tentando empurrá-la de volta ao trilho. Deu outro. Então começou a balançar a janela, e foi aí que a veneziana cedeu e abriu de vez. A cidade envenenou suas retinas. Ficou impossível voltar a dormir.

Zonzo ainda, Ramiro só conseguiu soltar um bocejo gutural. A lucidez veio aos poucos, acompanhada por uma espécie de mal-estar. Mão na barriga. Arroto involuntário. Fuga desesperada quarto afora, seguida de monumental tropeço numa revista jogada na entrada do banheiro. Estatelado no chão, Ramiro vislumbrou o vaso sanitário. Engatinhou alguns metros, mas chegando lá sentiu que o enjôo tinha ido embora. Um miado frouxo saía dos encanamentos. Alguém deixou cair algo no andar de cima, e lá fora uma freada brusca deu início a um longo coral de buzinas.

Era outono. Um outono mesquinho, desses que seguram as folhas nas árvores e se recusam a abandonar o abraço morno do verão. Ramiro sentia falta do frio. No frio, os dias eram mais nítidos. No frio, os passarinhos se acalmavam. No frio tudo buscava arranjo, não havia aquela babilônia de corpos ardendo e se chocando e tropeçando uns nos outros. Mas agora fazia calor, e a pele de Ramiro estava melada, e a perspectiva de tomar banho parecia tão presente quanto o abajur na beira da cama ou a vontade de se aboletar na janela e insultar os pedestres lá embaixo.

Da janela, viam-se as costas de alguns edifícios. Escadas de serviço. Roupas dependuradas. Algumas sacadas, com quarentonas botando os peitos para tostar. Um dia Ramiro viu um moleque jogar um gato pela janela. Acompanhou a cena todinha, o gato que se debatia, o moleque que tentava escapar dos arranhões, os dezessete andares até o choque sanguinolento. O gato caiu em pé. O moleque — deu para ouvir — apanhou tanto que tiveram que chamar a polícia. Às vezes acontecia uma coisa ou outra, casais que se estapeavam, velhos que enlouqueciam, um engravatado que toda sexta-feira subia ao terraço e urrava feito um gorila órfão, uma senhora descabelada que passava o dia na janela fumando e olhando para o nada.

Àquela altura, a vida no hotel tinha se tornado tão trivial que parecia que Ramiro sempre estivera ali. Fazia só três meses, mas isso não importava: podiam ser três dias, ou três anos, ou três séculos, de tal maneira que olhar para trás era como ter um sonho obscuro ou ouvir uma dessas fábulas infantis. Era uma vez Ramiro. Era uma vez Ramiro andando pelo centro. Era uma vez Ramiro andando e querendo comprar um som, ou melhor, dividido entre comprar um som e continuar guardando dinheiro para vadiar na Europa. Era uma vez Ramiro passando na frente de um hotel, e tendo a atenção fisgada por sua fachada tremeluzente, e parando diante daquele aquário vertical guardado por uma equipe de rinocerontes de terno, gravata e aparelhos de comunicação. Ramiro aproximou-se da vidraça. Lá dentro, pessoas moviam-se numa lentidão submersa. Havia velhas sem rugas, gringos de bigode, crianças domesticadas contando as manchas do sofá, moças de crachá azul recepcionando os participantes de algum congresso; havia paredes de veludo, taxistas de chapéu, prostitutas à paisana, uma fonte ornamental e muitos, muitos funcionários sem função aparente, cada um andando para um lado, na expectativa de que algo terrivelmente importante começasse a acontecer. Pois foi assim: Ramiro olhou, entrou, aproximou-se da recepção e, quase sem pensar, abriu um sorriso para a atendente, dando início a um diálogo protocolar que culminou na assinatura de um documento e na aproximação do carregador, que fez um gesto de saudação com o quepe e, após rápida pesquisa visual, constatou que Ramiro não trazia malas.

Três meses. Três meses sem pôr os pés na rua, perambulando pelas dependências do Royal Soft Residence. Três meses de silêncios, e insônias, e bocejos, Ramiro se arrastando pelos corredores como um fantasma hostil, sem dirigir palavra a ninguém, sem precisar de coisa nenhuma, apenas ligando para casa com freqüência suficiente para evitar que a mãe se suicidasse, ou chamasse a polícia, ou alugasse um helicóptero e despejasse santinhos com a foto dele pela cidade. Era desconfortável, de um lado ele dizia que estava tudo bem, que tinha sido uma viagem inesperada, enquanto do outro a mãe implorava que ele dissesse onde tinha se enfiado, porque os amigos também queriam saber, e o pessoal do jornal não tinha certeza se ia poder contar com ele, e as dores nas costas, e o irmão sem emprego, e a Tati, a coitada da Tati que ficou a ver navios — e como é que Ramiro não atendia sequer aos apelos da namorada? Estou bem, ele respondia, estou bem, a mãe dava um ganido do outro lado enquanto ele repetia as mesmas palavras, estou bem, pode acreditar que estou bem.

Na falta de roupas — vestia camiseta e bermuda quando entrou no hotel, logo transformadas em trapos sem serventia —, Ramiro optou pelo roupão de banho. Além de confortável, a peça mostrou-se eficaz na tarefa de afugentar empatias indesejadas, chegando, certa vez, a provocar a revolta de uma senhora que se declarou incapaz de comer seus aspargos na presença de um "homem em pêlo" no salão de jantar. Houve outras ocorrências, nenhuma digna de nota, e a verdade é que aos poucos a vestimenta acabou incorporada ao gosto médio de hóspedes e funcionários, que passaram a olhar para Ramiro com a mesma arrogância sonolenta que dedicavam uns aos outros.

Um homem em pêlo. Ainda atordoado pelo escorregão, Ramiro gastou uns segundos vacilando entre voltar a pensar nas venezianas e enfiar-se debaixo da ducha. É claro que a perspectiva do banho era muito mais atraente; além do sol que ardia lá fora, as venezianas, naquele momento, despertavam em Ramiro uma vontade difusa de destruição, como se todo o mal do mundo se encaixasse no contorno retangular da janela de seu quarto. O chuveiro, em suma, parecia o desdobramento mais adequado para aquele momento — e certamente o seria, não fosse o incidente da véspera.

Tinha sido durante o banho. Quando tudo começou, Ramiro até achou graça: era como um jogo, uma brincadeira inofensiva. Aos poucos, no entanto, o divertimento deu lugar a uma espécie particular de terror. Tinha sido bem simples: quando a água começou a cair, Ramiro sentiu-se ensaboando membros que não pareciam seus. As pernas não eram suas pernas, os braços não eram seus braços, o peito não era seu peito — nem mesmo o pau lhe pareceu familiar. Ele foi se lavando e sentiu-se invadindo a intimidade de alguém, tocando sem permissão um corpo alheio, e isso lhe deu um asco, um horror, Ramiro quis se afastar, tentou tirar as mãos mas percebeu que elas também não lhe pertenciam. Então sobraram apenas os olhos, Ramiro transformado num espectador de si mesmo, ou melhor, de outro, enxergando através da perspectiva desse outro como uma dessas câmeras que os pára-quedistas levam no capacete. Mas então ele olhou em volta, viu o banheiro, o roupão, os frascos de xampu, e começou a perceber que não era ele que invadia a intimidade de alguém, mas o contrário: Ramiro viu-se testemunhando, pelos olhos do criminoso, a invasão de seu próprio território.

-1

A discussão oscila entre a origem do nariz do Bilica — armênia, turca ou libanesa, de acordo com a corrente de pensamento — e a tentativa de estabelecer algum critério que defina quem buscará a cerveja. É difícil. Além dos abstêmios e dos recém-chegados, duas outras categorias pleiteiam a dispensa do serviço: os abonados, que tentam se eximir de responsabilidade contribuindo para a vaquinha com notas graúdas, e os apaixonados, que se engalfinham com violência em algum canto e, assim, inibem a possibilidade de qualquer aproximação ou demanda. Quando se vê, já são quinze pessoas se esgoelando ao mesmo tempo, uns pedindo histericamente por silêncio, outros rindo de uma piada perdida, dois ou três iniciando uma guerra de amendoim enquanto, no meio de tudo, alguém que sai do banheiro anuncia que a descarga disparou outra vez.

Bilica, o dono da festa, está trancado no quarto com a namorada, e isso é razão suficiente para que a procedência de seu nariz volte à baila. A discussão só é interrompida quando Egídio, com uma estranhíssima peça de metal na mão, surge na sala e comunica aos presentes que banheiro, agora, só na área de serviço. É mais ou menos nessa hora que toca a campainha, e chegam Vanessa e mais duas amigas com sacolas cheias de cerveja, e a euforia é tamanha que ninguém se pergunta por que diabos elas estão vestidas desse jeito, as três de verde, enfiadas nuns chapéus que mais parecem destroços de um carro alegórico.

Sentado sobre um pufe, Ramiro luta para encontrar uma posição confortável. Alguém lhe oferece um gole de vinho. Só quando agradece é que ele se dá conta: não abre a boca há duas horas. Está ali, na casa de seus velhos amigos, cercado de gente conhecida, até achando graça nas coisas, a piada de um, o sarcasmo de outro, a história engraçada que o Pedro sempre conta a respeito de algum tio distante, e nesse intervalo de tempo não sentiu necessidade de dizer coisa nenhuma. Às vezes pensa na Tati, fica se perguntando se ela conseguirá largar o trabalho a tempo de dar uma passada na festa, mas aí o pensamento desvia e quando dá por si Ramiro está com a cabeça em coisas tão díspares como o último terremoto asiático, colchões king-size ou a estranha bolota que nasceu na ponta de seu dedo indicador.

Ainda é bom pensar na Tati. Vão completar um ano juntos, mas ainda há o velho estremecimento, a sensação esquisita ao imaginar que, nesse mesmo momento, ela está em algum lugar da cidade, respirando, emprestando às coisas seu jeito suave, capaz de fazer tudo parecer absolutamente natural ou necessário. Por outro lado, faz algum tempo que tudo o que diz respeito a ela desemboca numa espécie de nostalgia, como um rio que, aos poucos, se transforma em pântano. Para Ramiro, é cada vez mais incômodo chafurdar por ali, e talvez por isso seja tão difícil manter a concentração, e a bolota na ponta do dedo pareça tão grande, e a questão do terremoto o angustie dessa maneira.

Quando levanta, seco por uma cerveja, Ramiro percebe que a discussão sobre o nariz do Bilica acabou. O assunto em pauta, agora, é mais difícil de ser determinado, já que no meio da balbúrdia um colega de faculdade do Egídio sacou um violão e começou a martelar algum clássico da Tropicália. Malditos violões, pensa Ramiro enquanto se despede do pufe; quando entra na cozinha, ainda escuta o rapaz pedir silêncio, preparando a platéia para o espetáculo.

As cervejas estão mornas. Ramiro vasculha a geladeira, mas só consegue encontrar refrigerante, pilhas descarregadas, pão de forma, hambúrguer congelado. Na falta de opção, resolve abrir uma latinha. A bebida desce áspera. Dá vontade de colocar um gelo no copo, mas alguém vai tirar sarro, e Ramiro terá que responder à altura, e então se iniciará um daqueles diálogos trabalhosos, cheios de deboche e espirituosidade. Não vale a pena.

Na sala, começam as manobras envolvendo o parabéns. É claro que não haverá surpresa. Bilica vai descer a escada, a cara rosada de quem acabou de trepar; vai escutar o burburinho, sacar a coisa toda, chegar ali como quem não quer nada; então virão os berros, as palmas, o aniversariante forjando uma cara de susto, com direito a mão no coração e suspiro agradecido. É claro, isso faz parte do jogo, mas há qualquer coisa de desagradável na encenação, pelo menos para Ramiro. Talvez seja a certeza de que, algum momento depois dos abraços, dos presentes, das risadas, quando todos estiverem espalhados pela sala e a festa tenha voltado a seu estado original, alguém vai tocar no assunto — e aí começará tudo de novo.

Ter um amigo morto, muitas vezes, equivale a trazer nos documentos um carimbo especial, desses que atestam algum tipo de distinção ou honraria. As pessoas sofrem, e choram, e se perguntam por quê, e depois de não encontrarem resposta começam, talvez como uma espécie de defesa, a tentar fazer daquilo uma coisa preciosa, transformando o sofrimento numa riqueza particular, tão mesquinha como qualquer outra. Dois meses atrás, na festa da Milena, Ramiro teve a primeira demonstração desse fenômeno. Foi de repente: alguém tocou no nome do Nestor e, após um breve silêncio, deu-se início a um extenso rosário de recordações. Quando Ramiro deu por si, cada um tentava lembrar uma história mais extraordinária, um caso mais engraçado, uma situação mais insólita, e de repente aquilo tinha se transformado numa disputa velada onde o que importava era, através da proximidade com o morto, garantir para si uma espécie transcendental de virtude.

Pois vai acontecer de novo. Basta uma faísca: o nome do morto, pronunciado uma única vez — e virão o silêncio, as bocas franzidas, a tristeza genuína, tudo rapidamente soterrado por avalanches de sentimentalismo. O que diria o morto se soubesse que virou um santo de ocasião? Provavelmente daria um trago no cigarro, olharia para o alto, soltaria umas argolas de fumaça e, com a tranqüilidade dos desencarnados, decretaria:

— Bando de putos.

E daria uma gargalhada, e um tapa nas costas de Ramiro, e o convidaria a se embriagar num bingo ou paquerar na rodoviária ou quem sabe se enfiar num metrô e deixar-se levar pela ilusão de que, pelo menos por alguns minutos, é possível esquecer de si mesmo. Mas agora Nestor está longe, e Ramiro termina de entornar a terceira latinha e aos poucos sente-se refeito da própria lucidez. Egídio traz mais amendoim, Pedro começa outra história inverossímil e tudo parece pequeno enquanto, no pufe, duas primas do Bilica brigam lindamente por um pouco mais de espaço.

A zoeira continua. O rapaz do violão, um pouco mais calmo, tenta mostrar ecletismo, dedilhando Bob Dylan para uma das moças que chegaram com a Vanessa. É uma dupla curiosa, ele fazendo pose, ela enfiada naquela roupa esquisita, os dois trocando uns olhares ambíguos que provavelmente não levarão a lugar nenhum. Talvez seja o caso de ligar para a Tati, perguntar como vão as coisas, convencê-la a deixar o trabalho para amanhã — porque às vezes parece que é mentira, que não existe pântano nenhum, que ele a quer exatamente como antes e apenas esconde tudo sob uma montanha de orgulho e covardia. É, ligar para a Tati, ou quem sabe esquecê-la e sentar ao lado das primas do Bilica, ou escapar dali e enfiar-se num cinema ou simplesmente pegar outra cerveja e deixar o tempo passar de vez. Mas então alguém escuta um barulho, e todo mundo corre para um canto, e as luzes são apagadas, e Ramiro vê-se esmagado entre um gordo de barba e uma estante cheia de livros, cadernos velhos e peças de computador. Começa a ficar difícil respirar, e é aí que alguém lhe entrega um apito e um saco de confete e, com o dedo nos lábios, pede que Ramiro mantenha o silêncio.

1

Malditas venezianas. Apoiado na parede, o olhar passeando pelas unhas da mão, Ramiro mantém-se imóvel por alguns minutos. Tem vontade de começar logo o dia, mas vacila. Com o rabo do olho, nota como a luminosidade vai trazendo à tona as imperfeições de cada objeto. As unhas estão sujas. A cúpula do abajur também. Os carros buzinam lá embaixo, e talvez não reste outra alternativa senão fechar os olhos e mandar tudo à merda.

Mandar tudo à merda, naquele contexto, significava ligar para a gerência e pedir um quarto novo. A mocinha atenderia com ar distraído, Ramiro envergaria sua melhor voz de barítono, o gerente viria até a linha e então em minutos a mudança estaria feita, Ramiro abandonando o 501 para encontrar o conforto de uma nova morada, onde as venezianas corressem com liberdade e o ato de tomar banho não levasse a pavores matinais e paranóias de aniquilamento. Mas Ramiro não faria isso. Não largaria seu velho quarto, palco privilegiado de punhetas bissextas, cochilos irregulares, jogos mentais inócuos e sinuosos, tudo embalado por uma espécie de catatonia permanente.

O 501 se assemelhava à maioria dos quartos de solteiro do Royal Soft Residence. Como Ramiro optou por um apartamento de fundos, o espaço que na fachada era tomado por pequenas sacadas — devidamente decoradas com samambaias carcomidas e violetas sem cor — ali era substituído por uma espécie de anexo, que aumentava a área útil do quarto e, sob a janela, permitia a instalação de uma poltrona reclinável e um armário para sapatos. Quando não estava na cama, Ramiro espalhava-se na poltrona, perdendo-se em exercícios mentais entre os quais figuravam a invenção de nomes (Ficner, por exemplo, ou Garbelíades, ou mesmo Pláucio ou Cintiléria) e a tentativa de, com a força dos neurônios, controlar os insetos que voejavam ao redor da lâmpada. Havia também o que Ramiro batizou de "ereção concretista", que consistia em imaginar um objeto qualquer e, através de um esforço de concentração, tentar excitar-se com ele — na semana anterior, por exemplo, tinha conseguido resultados surpreendentes mentalizando uma máquina de xerox.

Era preciso esvaziar a cabeça. Era preciso sentar naquela poltrona, voltar a atenção para fenômenos como a curvatura da maçaneta, a navegação das mariposas, a bolinha de sujeira que insistia em nascer dentro de seu umbigo — e pronto, estava feito, o pensamento se desligava do corpo até extinguir-se de vez. Assim Ramiro se esquivava dos lábios finos do pai, ou da pele flácida da avó, ou do dia em que caiu do beliche e estourou o queixo no piso de taco; assim sumia a mãe, sua obsessão por chapéus, ou o aparelho odontológico que Roger perdeu no terreno vizinho, ou Nestor e seu jeito aflito de acender o cigarro. Não havia distinção, tudo se esfarelava e ao final costumava sobrar uma última imagem, teimosa e resistente: Tati. Eles estavam no ônibus, indo ao cinema, ela pegou a mão dele e disse, você tem unhas de mulher. Ele ficou olhando as unhas, ela explicou que ele devia ter puxado as mãos da mãe, e então Ramiro ergueu as sobrancelhas e observou que tinha parado de puxar as mãos da mãe havia muito tempo. Ela riu, e tossiu, e quando parou disse que as pessoas da família comentavam que a risada dela era igual à do avô. Como é possível, perguntou, herdar uma risada — ainda mais uma risada que ela nunca tinha escutado? Ramiro não soube responder, pegou a mão dela, mordeu, ela deu um tapa no braço dele e nessa hora o ônibus freou bruscamente e os dois perceberam que era hora de puxar a cordinha.

A cordinha. A mão puxando a cordinha. As unhas da mão, sujas como a cúpula de um abajur, e o quarto, e a luz da manhã empapando o quarto, e lá no meio Ramiro e seu cérebro embaralhado, mais parecido com um chumaço encardido de algodão. Gesto automático, Ramiro apalpa os bolsos do roupão, onde encontra um cigarro amassado. Está enfiando o cigarro na boca quando o telefone começa a tocar.

Deve ser da recepção, a mocinha de voz estridente anunciando descontos no bar panorâmico, ou alertando que o *fitness center* vai passar por uma reforma. Ramiro não atende. Como sempre, vai até a cama, pega os travesseiros e os comprime contra os ouvidos. Fica assim, o olhar fixo no telefone, um sorriso nos lábios, mas então percebe que a proteção não é suficiente. O som ecoa com força; dá para senti-lo vibrar nos móveis, nas paredes, no armário embutido. Ramiro aperta os travesseiros com mais força, sem sucesso. Se enfurece. Olha outra vez para o aparelho e num impulso avança sobre ele, arrancando-o da parede. Chega a andar na direção da janela, disposto a atirá-lo lá embaixo, mas se contém, abre o frigobar, vai depositá-lo ali dentro, logo atrás das garrafas de isotônico.

Ramiro dá um suspiro. Senta na cama, joga o corpo para trás; os pés tateiam o carpete, à procura das pantufas.

Encontra uma, onde enfia o pé direito — o outro, ávido, segue a exploração da vizinhança, percorrendo as imperfeições do carpete, esbarrando numa tampa de água tônica, mergulhando num montinho de bolacha esfarelada. Serão os pés de Ramiro parecidos com os de algum parente? E os braços? E os pulmões, o pâncreas, os intestinos? Ele ergue outra vez as mãos diante de si e o que vê são unhas sujas, herdadas não se sabe de quem, se da mãe, se da avó, se de um golpe de vento, e é preciso levantar, sair dali, acabar logo com aquilo. Ramiro encontra a outra pantufa. A manhã toma conta do quarto, e agora ele se ergue num impulso, apoiando o corpo sobre um dos cotovelos. Olha em volta. Tenta retomar a ordem dos pensamentos, mas é inútil. Leva a mão à boca. Onde diabos terá ido parar aquele cigarro?

-2

Não pareceu que ela ia dormir. Ela chorou, suspirou, limpou a cara no travesseiro, e a impressão que deu é que em seguida ia virar e tentar mudar de assunto, falar da faculdade ou de cinema ou do temporal da véspera, a voz no início embargada até voltar ao tom de sempre, firme e delicado. Mas ela não virou, e Ramiro continuou alisando seu cabelo, e quando viu ela estava quase roncando e não restou outra opção senão apagar a luz e observar o corpo recortado na penumbra, ela dormindo cada vez mais pesado enquanto seus olhos começavam a desinchar.

Quando Ramiro acende o abajur, fica possível enxergar mais um pouco. A bolsa está jogada atrás da porta, ela chegou tão aflita que nem deu tempo de fazer perguntas. Você não sabe, ela disse, e a partir daí Ramiro viu-se na difícil posição de quem escuta uma história horrível, a necessidade de equacionar choque e resignação, desespero e serenidade. Ramiro não sentiu nada disso, o assunto era sério mas ele estava com a cabeça em outro lugar, e quando ela contou que a amiga tinha sofrido um seqüestro-relâmpago a única coisa que lhe ocorreu foi a manchete que tinha lido no jornal uns dias antes, "Crise energética reduz os seqüestros-relâmpago", e aquilo era tão absurdo que ele teve vontade de interromper o que ela dizia só para contar a história. É claro que isso teria sido completamente fora de propósito, ela estava péssima e além do mais não tinha sido só um seqüestro, os ladrões fizeram o diabo com a moça. Ramiro começa a se culpar por ser tão insensível, ele conhece Tati há pouco tempo, a amiga não passa de uma abstração e talvez por isso seja fácil pensar em manchetes e coisas engraçadas e ficar olhando para os peitos da namorada, contando os segundos para começar a arrancar sua roupa e morder seu pescoço e apertar suas coxas e assim por diante.

Ela dorme, e Ramiro a observa, e é estranho vê-la assim — ela, cujo corpo começa a se deixar conhecer, a pele elástica que o leva a acreditar no acaso e na felicidade. Ramiro pensa em acordá-la, mas fazer isso seria como estragar alguma coisa, como borrar um desenho. A verdade, divaga ele, é que Tatiana é um nome muito forte, um nome de mulheres gordas e potentes e cheias de vigor, dessas que lideram exércitos e escravizam maridos. Não é nome de alguém que dorme. Não é nome de alguém que chora, e diz que quer morar na praia, e que há dez dias não passava da moça bêbada que, numa fila de banheiro, pegou Ramiro pelo braço e pediu, mesmo sem saber quem ele era, que a ajudasse a vomitar.

Ramiro a observa e o que vê é um pedaço de animal. Um bicho. Um bicho que respira. Ele sabe que daqui a pouco vai sentir fome, que terá que levantar e encarar o caos da sala, afastar as caixas até encontrar o telefone. Sabe que Tati acordará com o barulho, e virá cambaleante, e o abraçará com ar de zumbi antes de balbuciar qualquer coisa e trancar-se no banheiro. Ramiro ficará sentado no sofá, olhando para as montanhas de caixas, pensando na necessidade de dar um pouco de ordem àquilo tudo. Faz mais de um mês que ele se mudou, mas parece que chegou ontem — ou que vai embora amanhã. Vive uma quarentena, como se seu corpo precisasse de um tempo para se adaptar à nova casa, habitando-a lentamente, sem choques nem solavancos. É claro que isso não passa de desculpa, mas Tati costuma achar graça, e chama Ramiro de vagabundo, e é bom despertar nela essa espécie de superioridade, o jeito ingênuo de erguer as sobrancelhas e torcer o canto da boca. Pensando bem, até que Tati não é um nome tão forte, na verdade Tati é um nome bem frágil e sutil e quem diria que uma palavra como Tatiana pudesse guardar tanta delicadeza, Tati, Ta-ti, e então ela se move e faz que vai acordar mas é só o corpo buscando uma posição mais confortável.

Ramiro segue deitado. Tenho mais o que fazer, pensa, ponderando sobre a necessidade de se levantar, tomar uma ducha, vestir uma roupa decente. Olha para a cara dela, sente uma pontada de inveja pelo fato de não estar dormindo também. Isso é tão mesquinho, ela só está tirando um cochilo, Ramiro se culpa mais uma vez e por um instante reflete sobre a dinâmica obtusa que parece reger seus estados de ânimo, sempre tão sujeitos a instabilidades.

É tudo muito estúpido. É estúpido ainda não ter saído da cama, é estúpido continuar pensando nisso, é estúpido perceber que agora Tati murmura algo e alimentar a ilusão de que, se aproximar o ouvido de sua boca, conseguirá entender alguma coisa. Se estivesse sozinho, ou melhor, se não tivesse medo de acordá-la, Ramiro poderia começar a tossir, o que sempre foi um jeito de se sentir acompanhado, ou acender um cigarro, ou abrir a porta do armário e fazer caretas para o espelho, rindo e sentindo pena de si mesmo. Mas já deve passar das duas, e o sol arde lá fora, e os barulhos da cidade parecem convocá-lo para um compromisso inadiável. É mais ou menos nessa hora que ela começa a acordar.

Primeiro há um sobressalto. Depois vem um muxoxo, um leve resmungo, e então ela vira de lado, como se fosse voltar a dormir. Estala a língua. Move-se lentamente, o corpo frouxo, reencontrando-se consigo mesmo. Estica o pescoço. Desdobra os braços. Boceja. Abre os olhos, e os arregala, e por um momento parece assustada e perdida. Apóia-se sobre um cotovelo. Limpa o suor da testa. Olha para Ramiro, põe a mão no cabelo dele, o indicador enrolando-se na franja. Tenta dizer alguma coisa, a voz não sai. Pigarreia. Tenta de novo, e dessa vez a voz vem mole, arrastada, quase infantil. Ela diz: Ramiro. Mas agora foi ele quem adormeceu.

2

Entretido com a busca do cigarro, Ramiro mal percebeu que o dia avançava. Quando viu, os raios de sol alcançavam a porta do armário, o que indicava já passar das onze. Ele sabia que a qualquer momento a arrumadeira entraria no quarto, enchendo-o com seus apetrechos de limpeza e seu jeito concentrado e suas mãozinhas ágeis e cheias de vigor. Ela entrava, e Ramiro ficava observando seu trabalho, o esticar dos lençóis, a rápida aspirada debaixo da cama, o modo quase automático de pôr as coisas no lugar. Em minutos o quarto voltava ao estado original, limpo, ordenado, como se nunca houvessem passado por ali, como se aquilo tudo tivesse acabado de ser inventado, como se ali vivesse uma espécie de espectro, sem peso nem personalidade.

Quando se vive numa casa, e se está sozinho, e se leva uma vida solta e pachorrenta, é inevitável que, em algum momento, os objetos comecem a entrar em desordem. O despertador toca, mas em seu lugar está uma cueca; um livro descansa dentro do bidê; a despensa, quase vazia, guarda apenas contas vencidas e caixas de eletrodomésticos. O ambiente, em resumo, se deforma, e curiosamente isso começa a proporcionar uma espécie de conforto, a casa espelhando a nós mesmos, traçando — ainda que aos garranchos — nossa própria cartografia. Quando a arrumadeira entrava no quarto, Ramiro sentia que alguma coisa se rompia: ao enfiar o braço debaixo da poltrona, tateando o carpete à procura de impurezas, a moça parecia na verdade estar remexendo suas entranhas.

Mas era preciso ficar ali. Era preciso acompanhar, em silêncio absoluto, o eterno retorno do quarto 501, o revezamento dos roupões, a ressurreição do frigobar, a multiplicação dos sabonetes. A arrumadeira seguia com seu trabalho, dobrando os lençóis com exatidão inexplicável, transformando a cama numa espécie de altar à harmonia, e quando pouco depois ela recolhia seus instrumentos e ia embora, Ramiro se via rodeado por uma perfeição incômoda, que lhe despertava uma vontade irresistível de correr dali.

Sair do quarto. Andar pelo corredor. Olhar para baixo, alheio ao apelo das fechaduras. Apertar o botão do elevador, encostar na parede, acompanhar com o canto dos olhos a chegada de uma família gorda e rosada. O moleque puxa a saia da mãe, ergue um brinquedo, dá para ela segurar; o pai, girando a chave do quarto no dedo indicador, emite ondas intensas de tédio e impaciência; a mãe passeia os olhos pelo ambiente, examina os padrões do papel de parede, analisa o cesto de lixo, e aos poucos seu olhar resvala em Ramiro. Então ela estaca, e o menino a imita, e depois é o marido quem os segue, os três imóveis, fitando Ramiro e seu roupão amarfanhado.

Devem ser hóspedes novos, pensa Ramiro enquanto cruza os braços, olha para cima, ensaia um assobio sem som. Segundos depois, o elevador chega e desperta a família da hipnose. Primeiro entra o marido, depois a mulher, por último o menino bochechudo que continua, de boca aberta, examinando o hóspede inusitado. Dentro do elevador, vasculhando os bolsos, em meio a um bolo de tocos de cigarro, tampas de garrafa, isqueiros sem gás e mexedores de bebida, Ramiro pesca um pequeno relógio de pulso, velho e sem bateria, encontrado há alguns dias num corredor do terceiro andar. O elevador chega ao térreo. Num gesto furtivo, Ramiro entrega o relógio ao garoto, que forma uma concha com as mãos e, tropeçando atrás da mãe que o puxa pelo casaco na direção da saída, fixa os olhos no presente, segurando-o com delicadeza, como se fosse o filhote de alguma coisa.

O episódio com o menino poupou Ramiro de alguns segundos de desconforto. Era comum, quando o elevador descia, que seu coração começasse a palpitar. Ele respirava fundo, tentava controlar-se, mas não havia jeito: a inquietação só ia embora quando o bipe soava, as portas se abriam e Ramiro reconhecia as paredes avermelhadas, a fonte ornamental, o lustre de vidro, o quepe infantil dos carregadores de mala. Avançando pelo salão, Ramiro esquadrinhava o rosto de cada hóspede, buscando certificar-se de que estava realmente cercado por estranhos. Era só aí que relaxava de vez, e ia sentar num dos sofás do hall de entrada, e acendia um cigarro, e estalava os ossos do pescoço, e dava início a uma espécie de abandono que incluía criteriosas coceiras na sola do pé e, quando havia movimento, a contemplação da porta giratória.

Fosse um dia comum, Ramiro ficaria ali, o pensamento solto, o corpo boiando sobre o veludo grosso do sofá. Mas tinha sido uma noite conturbada, e desde a hora em que acordou Ramiro sentia-se tomado por uma agitação esquisita. Estava cansado, mas não tinha sono; os ouvidos zumbiam, os ossos pareciam vibrar sob a pele, o cérebro sacolejava dentro da cabeça. Para distrair-se, Ramiro tentou enveredar por alguns exercícios de adivinhação. Um dos jogos mais simples consistia em intuir o tamanho dos peitos de uma mulher antes que ela entrasse no hotel, unicamente através do aspecto e comportamento do marido. Era preciso ser rápido, poucos segundos separavam a entrada de um e do outro, e nesse pequeno intervalo era preciso ler os sinais certos e, numa tacada, dar o veredicto: peito grande, peito pequeno, peito pontudo, peito com silicone. É claro que às vezes a mulher entrava antes, mas aí era só inverter a história, Ramiro olhava para os peitos dela e tentava adivinhar o aspecto de seu marido, se era baixo ou alto, se usava barba, se tinha barriga. Não era uma ciência óbvia, não havia regras definidas nem relações de causa e efeito, e foi preciso desenvolver uma sensibilidade particular para obter o domínio da técnica.

Ramiro podia ficar horas entregue a essas brincadeiras. Existiam outros jogos, centenas deles, e foi com uma esperança nervosa que sua cabeça começou a listar as possibilidades. Havia o Inventário Gestual, a Combinatória Aplicada das Bagagens, o Jogo das Interações Geriátricas, os Exercícios de Coreografia Aleatória. As opções se multiplicavam, mas era inútil: Ramiro realmente não conseguia ocupar-se de nada. Resolveu desistir daquilo, respirou fundo e fixou os olhos na porta giratória, tentando simplesmente acompanhar o fluxo dos recém-chegados, sem compromisso nem inquietação.

Era uma gente curiosa. Falavam alto, davam ordens desencontradas para o carregador, esbarravam nos sofás, confundiam-se com a recepção, e era preciso esperar que fizessem o check-in para que, aos poucos, passassem a integrar aquela galeria indivisível em que o bigode de um confundia-se com as sobrancelhas de outro, num mar sereno de indistinção. Ali, Ramiro era uma espécie de náufrago satisfeito, alheio à terra firme, buscando ocupar-se de qualquer coisa que varresse a sensação que tanto o incomodava — e cuja nomeação sempre pareceu tão obscura. Talvez não houvesse nome nenhum, e era até bom que fosse assim: ao serem nomeadas, as coisas ganhavam carne, e contorno, e prendiam-se ao chão, e começavam a querer companhia, e quando menos se esperava aquilo existia desde sempre, como uma condenação ou uma sina. Acomodado no sofá de veludo, Ramiro coçava os pés e imaginava um mundo silencioso, onde as coisas fossem incapazes de se fazer entender, repousando sob o efeito da mais completa ignorância e tranqüilidade — tudo opaco, disforme, viscoso. Ramiro levantou-se: estava na hora de pensar no almoço.

-3

O garçom tem a cabeleira desbotada; é tão loiro que, contra a luz, dá para ver o contorno de seu crânio. Demora um pouco no balcão, enrolado com as mandiocas que um cliente pediu para trocar, mas acaba trazendo a cerveja. Ramiro inclina o copo, para evitar o colarinho; faz o mesmo com o copo de Nestor. Tomam a garrafa em silêncio, Ramiro fumando, Nestor folheando um anúncio de supermercado.

A mesa está cheia de restos de comida. Minutos atrás, Nestor devorou uma banana split; Ramiro, depois de uma entrada à base de bolinho de bacalhau, acaba de liquidar um x-bacon. É um daqueles dias de fim de ano em que a escola entrega as notas, e os alunos descobrem se levaram bomba ou não, e os formandos se reúnem e traçam os últimos planos para o constrangimento oficial da festa de formatura. Eles deviam ter ido à escola. Deviam, mas agora é tarde, e até os diretores estão na cama, talvez sonhando com as férias ou com os peitinhos de alguma aluna do colegial. Não há mais nada a fazer, nada além de esperar o dia seguinte, e a consciência disso só serve para animá-los a continuar ali, bebendo, resmungando, tentando disfarçar a própria excitação numa arrogância falsificada, que mais revela do que consegue esconder.

O boteco é grande, iluminado, com mesas espalhadas pela calçada. Fica aberto até de manhã, e as pessoas costumam chegar tarde, quase sempre já embriagadas. Falam alto. Derrubam copos. Às vezes discutem, até que um pacificador interrompa a briga, suba na cadeira e chame todo mundo de filho-da-puta. A cerveja está acabando quando Nestor aponta o nariz para outra mesa.

— A gente pode tentar com aquele ali, ó.

— Você foi aluno dele? — pergunta Ramiro.

— O Mateus foi. Disse que o cara é uma múmia.

Nestor tenta dar um último gole, mas o copo está vazio. Então levanta, dribla duas ou três mesas e aproxima-se do velho. Fala algo em seu ouvido. O velho abre um sorriso mole, convida o rapaz a sentar-se, levanta o braço e pede outro copo. O garçom aparece balançando sua cabeleira transparente. Nestor senta. Ramiro levanta e vai dar uma volta.

Lá fora a noite estala. O céu, lilás, deixa ver umas estrelas. Ramiro enfia as mãos nos bolsos, pára, respira fundo: o ar vem espesso, como uma geléia sem cor. Olha em volta. Na outra calçada, embaixo de um orelhão, dois cachorros cruzam. A fêmea, gorducha, dá latidos curtos, quase inaudíveis; o macho, um vira-latas magricela, ofega, os olhos engordurados fitando o vazio. Formam uma coreografia desajeitada, esgueirando-se entre os carros, às vezes escorregando e caindo no meio-fio. É estranho: os bichos têm a rua, o bairro, a cidade, mas parecem, de alguma forma, encurralados. O cachorro ri nervoso; a cadela, tensa, se contorce e tenta livrar-se do companheiro.

Depois de uns minutos uma ambulância estaciona na porta do bar. Lá de dentro, carregado pelos garçons, surge o velho. Está abatido, tem o rosto pálido e os olhos esbugalhados. Os paramédicos armam a maca, deitam-no ali, en-

fiam-no dentro da ambulância, que arranca com estarda-
lhaço. Ramiro olha para os lados, perplexo, e então vê Nestor. Ele se aproxima, respira fundo, ganha fôlego. E conta:
sentou com o velho. Bebeu com ele. Disse que foi seu aluno. Fincou os olhos no chão, armou uma expressão nostál-
gica, falou algo sobre as coisas que a gente carrega pelo resto da vida. Estava tudo andando bem, o velho parecia toca-
do com a conversa, era óbvio que quando Nestor fizesse
gesto para pegar a carteira ele diria não, de jeito nenhum,
assim você até me ofende. Nestor propôs um brinde. O velho abriu um sorriso bambo, a dentadura dançando dentro
da boca, e então tossiu. Tossiu muito, tanto que a certa altura Nestor começou a bater em suas costas. A tosse não
passava, o restaurante ficou em silêncio, um garçom apareceu para ajudar, o velho expelia uma gosma marrom que
melecava tudo em volta. Nestor mostra a blusa suja, diz que
pensou em fugir mas não dava, o homem parecia que ia
morrer ali. Então a tosse parou, o velho desabou na cadeira, os garçons apareceram para ajudá-lo a caminhar até a
porta. A sirene da ambulância já soava, Nestor ia saindo
quando ouviu um assobio atrás de si. Era o dono do bar,
sorrindo por trás dos bigodes, segurando na ponta dos dedos a conta das duas mesas.

Ramiro morde os lábios. Suspira. No fundo, não passa
disso: não vão ao cinema. Não jogarão boliche. Não passa-
rão a noite perambulando, tomando cerveja morna, comen-
do mais do que podem agüentar, pulando de boteco em
boteco só pelo prazer de depois falar que o lugar não pres-
ta. O dinheiro, que já era pouco, acabou de vez, e agora é
tarde demais para voltar para casa e pedir um adiantamen-
to da mesada. Um ônibus inesperado vira a esquina, vem
trombeteando suas peças soltas. Quando termina de passar,
a rua ganha um silêncio novo, mais nítido que o anterior.

Nestor sai andando. Ramiro, depois de alguma hesitação, corre para alcançá-lo.

Sobem a avenida. Caminham rapidamente, Ramiro com as mãos enterradas no bolso, Nestor afinando a arte de chutar pedrinhas. Ficou tarde, e agora só alguns carros gotejam seus faróis pela avenida. Nestor cisma com um pedregulho, tenta levá-lo adiante. Não demora e Ramiro entra no jogo, os dois tabelando rua acima. Às vezes cruzam um pedestre no sentido contrário, e aí fica mais arriscado: é preciso parar, olhar, fazer mira. Acabam acertando a canela de um travesti, que começa a xingar e os obriga a fugir dali.

Correm uns dois quarteirões. Quando o travesti desiste, os dois param e encostam no muro de um cemitério. Nestor vai mijar. Ramiro percebe que também está apertado. Queria um lugar mais escondido, mas a bexiga se adianta. A urina sai num jorro tão forte que o inspira a tentar escrever alguma coisa — ele tem letra de forma, mas quando mija escreve em cursiva. Consegue rabiscar o nome, só faltando o pingo no i.

Voltam a caminhar, desta vez sem pedregulhos. Outros travestis atravessam o caminho, ao lado de jovens casais e velhos solitários. Parado numa esquina, um desses velhos dá um esporro no vazio. Agita os braços, vocifera, aponta o dedo na direção do boteco em frente. No balcão, uma turma de carecas dá risada. Um deles grita que o ama. Outro, tão bêbado quanto ele, tenta assobiar, mas só consegue emitir um sopro cheio de saliva.

Ramiro e Nestor já não prestam muita atenção ao que acontece em volta. Entraram numa espécie de inércia, os passos cegos e automáticos. Sem perceber, eles abandonam a avenida, pegam ruas transversais, perdem-se em pequenas vielas. Não há lua no céu. É uma noite sólida, dessas em que a cidade parece erguer-se sobre as próprias patas e, monstruosa, oferecer as costas à exploração dos parasitas. Na escuridão pontuada pela luz das drogarias 24 horas — onde freqüentemente acabam a noite sentados numa melancolia de balas de hortelã e bocejos de camaradagem —, eles caminham e sentem que a cidade é deles, que a noite segue estalando como um galho seco e as calçadas, enfim, respondem ao apelo de seus pés.

Passam por três bairros, inventando um caminho novo, impossível de reproduzir. Não estão dispostos a falar um com o outro — abrir a boca parece exigir um grau impensável de condescendência. São só dois moleques, e andam cada vez mais rápido, e a bebida fermenta na barriga, e às vezes cospem para o lado com ar de vilão de faroeste, bancando os machos sem saber direito por quê, do mesmo modo que às vezes se surpreendem fingindo de coitados, ou simulando inteligência, ou forjando histórias banais de heroísmo. A caminhada desemboca no parque, que está fechado. A noite devia acabar ali, eles deviam se despedir e voar para casa, para o conforto das cobertas e das tevês sintonizadas em jogos de futebol ou filmes de sacanagem.

— Eu conheço uma entrada — diz Nestor.

Ramiro demora um tempo para reagir. Não pensava em continuar, mas o entusiasmo do amigo acaba o convencendo. Ansiosos, os dois saem em disparada, Nestor indicando o caminho. Chegam a uma rua lateral, dominada por uma fileira incompreensível de orelhões. Encontram o buraco, aberto na base da cerca. Com algum esforço, passam para o outro lado, esgueirando-se entre os arbustos. Então atravessam uma pequena alameda, desviam por um caminho lateral, seguem entre as árvores até alcançarem a praça central.

É o coração do parque, um descampado oval, cercado por bancos de madeira. Ali, durante o dia, casais de namorados dividem-se entre trocar beijos e atirar pão aos pombos. Depois os pombos saem voando, vão pousar no alto de árvores onde, entre arrulhos ameaçadores, preparam-se para devolver à cidade o resultado de sua digestão. No meio de tudo há uma velha estátua, o libertador no alto de seu cavalo. Ramiro e Nestor se aproximam com cuidado, aceleram o passo, começam a apostar corrida. É Ramiro quem sobe primeiro, indo sentar-se na frente, agarrado ao pescoço do cavalo. Nestor fica na garupa, de pé, apoiado nos ombros do homem que, solene, ergue uma espada, agora transformada num punhal corroído.

Pronto. Eles estão lá. Demorou, mas a noite finalmente parece começar a ganhar sentido. Os dois trocam um olhar vitorioso. Ramiro dá um grito de euforia, Nestor outro, e então ficam ali, imóveis, em silêncio. A manhã já se abre, um jardineiro passa com um ancinho no ombro, os carros dão as primeiras buzinadas e é mais ou menos nessa hora que — era inevitável — Nestor solta o primeiro bocejo. Ramiro ainda quer insistir mais um pouco, talvez espere que o jardineiro chame um segurança, que o segurança venha tirá-los dali, que tudo acabe em gritos e xingamentos e alguma indignação. Nada acontece, porém, e Nestor resolve descer da estátua, e Ramiro não vê outra alternativa senão ir atrás, seguindo-o até o buraco da saída.

A despedida é rápida. Ramiro pensa em dizer alguma coisa mas deixa para lá, não é tão importante. Na verdade nada tem importância, os carros rasgam a avenida e Ramiro sai com as mãos nos bolsos, acelerando o passo na hora de atravessar a rua. Seus pensamentos se embaralham, ele tenta calcular quantos passos dará até sua casa mas a operação parece intrincada, ainda mais quando a cabeça começa a doer, o relógio da rua marca 88:88 e um homem de moletom passa voando a seu lado, buzinando com a boca para que as pessoas não atrapalhem seu exercício.

3

Havia jeitos infinitos de chegar até o restaurante. Dava para ir pelo corredor principal, ou contornando os elevadores, ou usando a porta de emergência; também era possível ir correndo, ou arrastando os pés no carpete, ou engatinhando, ou simulando uma prova de marcha atlética, e o fato é que Ramiro já tinha feito o percurso de todas as maneiras possíveis — até de olhos fechados, o que acabou causando certo transtorno para uma senhora de cadeira de rodas. Desta vez, impulsionado pela fome, Ramiro preferiu o método tradicional, parando apenas para uma olhada rápida nas fotos que decoravam as paredes do corredor.

Ele já tinha visto aquilo um milhão de vezes. Eram fotos de hóspedes, todas tiradas no hall de entrada, diante do arranjo floral. Ramiro estudava aquelas imagens. Com o tempo, após ter decorado o rosto de cada um, começou a adivinhar parentescos, descobrir relações ocultas, tecendo uma espécie de mapa mental que supostamente era capaz de unir todas as fotografias. O companheiro da moça ruiva, por exemplo, tinha o bigode muito parecido com o do executivo da pasta dourada; o executivo usava a mesma camisa do mágico oriental; junto ao mágico, havia uma moça que estava em várias outras fotos, inclusive naquela do jogador decadente, e essa moça tinha os dentes tão separados quanto os da diva da música que, com simpatia ensaiada, posava ao lado de um grupo de fãs uniformizados, uns berrando, outros olhando para trás, alguns tirando fotos do próprio fotógrafo — e assim sucessivamente.

Era confortável olhar para aquelas imagens. As pessoas ficavam ali, congeladas, encarando Ramiro, e havia algo de acolhedor naquela imobilidade: de certa forma, os olhares o envolviam, num gesto coletivo de amizade e desprendimento. O homem do boné verde, por exemplo, se tornara tão familiar que seu jeito de sorrir para a câmera, em que antes Ramiro via apenas apatia e tédio, começou a adquirir novos matizes, e o que parecia um espantalho de si mesmo passou a dar mostras evidentes de ironia, sarcasmo e inteligência. Não havia como não achar graça do jeito com que ele posava ao lado dos familiares, rindo da situação, rindo de si, rindo da própria risada, e a cada dia sua expressão parecia ganhar mais cinismo, como se ele também risse do sorriso de ontem, e de anteontem, e isso crescia de tal maneira que era só olhar para aquela foto e Ramiro já tinha vontade de rir junto, de gargalhar por aí, coisa que só não fazia por uma questão de princípios, porque sempre achou esquisito quem fazia isso, sempre teve medo de quem ri sozinho. Como tantos outros, o Sueco — era como Ramiro tinha batizado aquele homem — tinha virado um amigo fiel, alguém em quem podia confiar, que aceitava passivamente seu olhar atento e, apesar de toda a intimidade, jamais interferiria no curso de sua vida.

Foi com um suspiro amistoso — ah, esse Sueco — que Ramiro se afastou das fotografias e caminhou até o restaurante. Pela porta de vidro, contemplou o tom pálido que tomava conta dali. As paredes, apinhadas de aquarelas supostamente abstratas, perdiam-se entre dezenas de plantas de plástico, dispostas a intervalos regulares; os garçons, todos de azul, passavam com ar sonolento; os hóspedes se alimentavam com lentidão de paquiderme, produzindo uma espécie de mantra que incluía, além de grunhidos ininteligíveis, um ruidoso estalar de talheres.

O restaurante estava mais cheio que o habitual. Ramiro ainda não tinha ultrapassado a porta quando um funcionário gorducho aproximou-se e avisou, levemente constrangido, que não havia lugares disponíveis. O hotel se desculpava pelo incômodo, mas o pessoal do congresso de obstetrícia tinha aparecido antes da hora e agora, bem, não havia mesa para todos. O senhor compreendia? O senhor gostaria de esperar no bar? Ou talvez preferisse voltar para o quarto e receber a refeição por lá, sem custo adicional?

Ramiro enfiou a mão dentro do roupão, coçou o peito, refletiu por uns segundos. Decidiu ficar por ali mesmo, até porque a fome era grande e o bar, ao menos, oferecia alguns petiscos. Mas não era só isso. A idéia de voltar para o quarto, naquele momento, soava como um sacrilégio. Uma coisa era passar o dia trancado lá dentro, entregando-se às perversões de praxe, perdendo a noção do tempo, bebendo água tônica feito uma droga alucinógena; outra, muito diferente, era sair dali e, por algum contratempo, voltar antes da hora. Seria como ferir o dia — como desonrá-lo, de certa maneira, forjando um desvio brusco e inesperado.

No bar, Ramiro pediu uma empada. Vasculhou os bolsos, à procura da chave do quarto, e mostrou-a ao barman. Atrás, podia-se escutar o rumor da multidão; à frente, o olhar se dividia entre um muro de garrafas coloridas, uma vitrine de aperitivos e o barril do chope. Ramiro engoliu a empada. Então pediu uma água tônica e, após enfiar o canudinho na garrafa, voltou-se para o salão.

Com a fome tapeada, Ramiro pôde afinar a vista. Embora os rostos continuassem a se misturar, já era possível distinguir pequenas categorias: hóspedes e congressistas, destros e canhotos, carnívoros e vegetarianos. Não era do interesse de Ramiro aprofundar-se nessa observação; o recomendável, nessas horas, era voltar a atenção para o ventilador de teto, ou contar as linhas da palma da mão, ou iniciar, sobre o balcão, uma competição particular envolvendo o cinzeiro e alguns palitos de dente. Num restaurante lotado, porém, nem mesmo a distração tem espaço garantido. Ramiro tentou tirar fiapos do roupão, mas logo uma criança começou a gritar por pudim de leite; voltou-se para as mãos, mas um garçom deixou cair uma bandeja; quis contar as aquarelas, mas um grupo de obstetras levantou-se assobiando alto e cantando parabéns. Os obstetras desafinaram. O garçom ficou com as calças sujas de molho. A criança recebeu o pudim, mas depois de duas colheradas achou que seria mais interessante amassá-lo com o dedão e espalhá-lo pela toalha de mesa.

Ramiro notou que o funcionário que o recebeu vinha em sua direção. Pensou: talvez tenha arrumado um lugar. Talvez tenha conseguido uma cadeira, espremida entre dezenas de mesas lotadas, cercada por cotovelos pontiagudos e talheres ameaçadores, ou simplesmente venha passar algum recado ao barman, avisando que o pessoal de outro congresso também desce para o almoço. Ramiro imaginou o restaurante tomado por gigantescos grupos de profissionais: pediatras, advogados, biomédicos, gerentes de RH, farmacêuticos, todos de crachá, todos guiados por moças de coque, todos rindo e falando alto e fazendo piadas a respeito da falta de cabelo de algum colega. O salão começaria a encher, ia ficar difícil se movimentar, Ramiro se veria preso em meio a um grupo histérico de dermatologistas e então, quando fosse gritar por socorro, ganharia um tapa amistoso nas costas. Pronto, estava feito, o dia acabaria de se extraviar e agora, por mais que se esforçasse, Ramiro não conseguiria trazê-lo de volta ao curso habitual. Seria preciso respirar fundo, evitar fazer esforço demais e, num gesto agonizante, fingir fazer parte da coisa: saber o nome de um, as manias de outro, aceitar o suco, concordar com o argumento, contestar os números, rir da brincadeira, e enquanto isso a maré seguiria seu curso, geriatras avançando, fonoaudiólogos recuando, matemáticos formando uma onda que em breve se chocaria contra a parede e provocaria um contrafluxo capaz de engolfar Ramiro e levá-lo para fora do salão, talvez carregando-o de volta a seu quarto ou jogando-o no meio da rua.

Levemente constrangido, o funcionário batia com o dedo em seu ombro. Após um sobressalto, Ramiro escutou novos pedidos de desculpas, além da garantia de que em poucos minutos poderia sentar-se para almoçar. Mais: com certa pompa, o rapaz anunciou que, por conta do desconforto, os gastos no bar não seriam debitados na fatura de sua hospedagem. Só quando o funcionário foi embora é que Ramiro realmente voltou a si, e tentou lembrar o que ele tinha dito, e reparou no jeito balofo com que se afastava. Ele tinha a cabeça raspada, e a nuca inchada dava a impressão de que outra cabeça começava a nascer de seu pescoço.

-4

A beringela, sobre o prato, lembra uma ferida aberta. Ainda há uns restos de arroz, a gordura do bife, três ou quatro nacos de batata assada — mas é a beringela, só ela, que parece existir dentro da cozinha, dominando as coisas de tal modo que Ramiro tem a impressão de que, se a engolir, o mundo desaparecerá por completo. A comida está fria. As pessoas abandonaram a mesa, e agora, na sala, o pai vê televisão no volume máximo, o que dá à voz grave do locutor um tom enviesado de ameaça.

Ramiro sente os pés ficarem úmidos. Sob a mesa, nota que Pupi o lambe. Está apoiada nas patas da frente, o toco do rabo apontando para cima. Quando vê que Ramiro a observa, a cadela interrompe o trabalho, passando então a encará-lo com ar submisso.

A tarde tomba com desleixo. Ramiro sabe que o pessoal deve estar esperando, os vizinhos que jogam bola e andam de skate e às vezes caem e machucam o joelho, engolindo o choro para não ficar mal com as meninas. Existe a loira da casa azul, uma menina muda que às vezes atravessa a rua com um cachorro anão; existe a amiga dela, uma morena meio gorda que uma vez deixou Ramiro passar a mão nos seus peitinhos; existem os amigos, e o sol, e o domingo indo embora, e a verdade é que tudo, nesse momento, conspira para que Ramiro saia de casa. Há uma corda se esticando, o locutor na sala que arreganha a voz como uma hiena, o pai no sofá com seus lábios de lâmina, a mãe no quarto com seus romances policiais enquanto o irmão, sempre ocupado, se esmera na fabricação de uma pipa chinesa. A beringela continua ali, as coisas parecem perder lentamente o sentido e enquanto isso Ramiro, com as mãos cravadas nos bolsos, sente que não é verdade, que não há outro lugar além daquele, que o mundo lá fora congelou enquanto a cozinha lateja como um coração no meio do dia.

A solidão rebate nos azulejos. Embaixo da mesa, Pupi tenta mexer o rabo, mas acaba balançando o corpo todo. Seu pêlo é ralo, irregular, cheio de falhas e cicatrizes. Ao que tudo indica, a vida na rua foi bem difícil. Agora é diferente: dorme em almofada, come sobras de alcatra, recebe doses maciças de cafuné — e se arrepia toda a cada toque da mão, gemendo e virando os olhos.

A rua anda barulhenta. Sirenes. Buzinas. Assobios. Marteladas. Aquilo foi um tiro ou um rojão? Vêm uns gritos, o grunhido do pai na sala, dá para ver que foi gol de alguém. Ramiro olha de novo para a beringela. Pega-a com a ponta dos dedos, num gesto enjoado, e chama Pupi. Ela engole de uma vez só, sem mastigar, e em retribuição tenta voltar a lambê-lo. Ramiro a afasta com um gesto e corre para a sala.

— Gol de quem?

O pai não diz nada. Limita-se a um resmungo frouxo, o que é suficiente como resposta. Avançando pelo corredor, Ramiro vê a mãe jogada na cama, roncando, o livro policial escapando de suas mãos. O domingo sucumbe aos poucos, o sol se espatifa nas vidraças, e é só quando entra no quarto que Ramiro nota que o barulho de martelo vem dos fundos da casa.

Com agilidade, Ramiro abre a porta do armário. Tira a gaveta das meias. Enfia a mão no fundo. Apalpa o pequeno pacote, preso com durex. Arranca-o, com sofreguidão controlada, e enfia-o no bolso, aproveitando a oportunidade para conferir a si próprio no espelho da porta. Então sai e corre para os fundos, atravessando o quintal de azulejos, subindo a escada da edícula, surpreendendo Roger e seu olhar agudo sobre um pedaço de madeira. Ele nem vê o irmão entrar.

— Cê não ia fazer uma pipa? — pergunta Ramiro, procurando espaço entre as quinquilharias.

— Não vou mais — responde Roger, o olhar atento a algum detalhe da tábua. Após o exame, ergue-a sobre a própria cabeça e a deposita ao lado de um arquivo de metal descascado. Volta a pegar o martelo e, segurando uns pregos entre os lábios, começa a tentar unir dois pequenos pedaços de algo que, algum dia, foi uma cadeira de balanço.

O barulho é insuportável. Ramiro pensa em perguntar o que o irmão constrói, mas talvez nem ele saiba responder. Faz calor. As janelas, fechadas para abafar o som, começam a ficar embaçadas. Gotas grossas de suor escorrem pelo rosto de Roger, o cabelo empapado colando-se à cabeça. Ele segue absorto no trabalho, os pregos passeando na boca, o corpo magro envergando-se em busca da melhor posição. Como é que a mãe dorme com aquele barulho? Como é que Pupi não late, desesperada, nem o pai solta um de seus gritos roucos de fúria e censura? É estranho: de alguma forma, aquele som se incorporou à tarde, e agora Ramiro, mais do que nunca, se sente fora dela. Quando sai dali, as marteladas ainda ecoam na sua cabeça. É preciso dar a volta na edícula, subir a escada presa à parede, esgueirar-se pelo muro dos fundos e contornar a caixa-d'água para, enfim, encontrar um lugar minimamente silencioso, onde o dia possa definhar com tranqüilidade.

Ramiro acomoda-se num pedaço de papelão, apoiando as costas na caixa-d'água. A vista dali não é das melhores: a árvore do vizinho, gigantesca, barra boa parte da visão do vale, que inclui, além da profusão de telhados e antenas parabólicas, o campinho de terra, o galpão do supermercado, a cruz de neon de uma igreja evangélica. Ao fundo, a linha de edifícios se ergue como uma muralha, demarcando o fim do bairro — e Ramiro ainda pode se lembrar de quando aquilo tudo começou, os operários, os caminhões de entulho, os prédios se erguendo numa velocidade que não dava para saber se era lenta ou rápida demais.

Enquanto tateia os bolsos, Ramiro estica a vista para dentro da copa da árvore. As folhas, escuras, antecipam a noite. Alguns passarinhos cochicham. A caixinha é de plástico, pouco maior que uma embalagem de filme fotográfico. Ramiro tira o durex que a envolve, primeiro com as unhas, depois com os dentes, e então espalha seu conteúdo pelo chão.

É pouca coisa. Dois cigarros pela metade, roubados do cinzeiro da sala; uma camisinha; um bocal de saxofone; duas moedas de meio dólar; uma corrente de prata, achada no chão, depois do futebol. Ramiro sabe que a corrente é do Tobias. Sabe também que o Tobias é um coitado, que levou uma surra do pai por ter perdido aquilo, que o pessoal fez um mutirão para tentar encontrar a corrente enquanto ele choramingava encostado numa das traves do campinho. Ramiro sabe de tudo, mas ainda vacila em devolver a corrente. Ele não sabe explicar por quê. Só sabe que o Tobias merece.

O sol emite uma luz incômoda, diagonal. Franzindo as sobrancelhas, Ramiro tira a camiseta e a amarra na cabeça.

A caixa-d'água está quente. As costas chegam a arder, mas aos poucos o corpo se acostuma à temperatura. Não demora e Ramiro fica de pau duro.

Ia acabar acontecendo. A árvore do vizinho, acostumada a receber cargas cotidianas da porra de Ramiro, agita calmamente suas folhas. Num gesto automático, a mão de Ramiro desliza barriga abaixo, mete-se no short e começa a acariciar os pêlos grossos que, dia após dia, brotam em torno de seu pau.

Enquanto o punho chacoalha, Ramiro, de pescoço virado, vigia a porta dos fundos. Chega a se esconder quando ouve um barulho na cozinha. É Pupi. Ela aparece no quintal, olha para os lados, acha o dono lá em cima. Começa a abanar o toco do rabo, e quando Ramiro volta à carga inicia-se uma saraivada infernal de latidos. Ramiro tenta fazê-la ficar quieta, sem sucesso, e então decide acelerar a operação, cerrando o punho no pau magricela. Sua cabeça passeia pelas coisas mais disparatadas, fica dando voltas e ao fundo há uma voz que diz se concentra, vai, anda logo com esse negócio. Ramiro pensa em aviões, pneus de bicicleta, dentes quebrados, selos de colecionador; pensa num programa de auditório, no embate ensaiado entre duas irmãs que supostamente se odeiam; pensa na praia, numa concha que uma vez ficou dentro da mala e deixou seu quarto com cheiro de necrotério; pensa na avó, numa nuvem com forma de girafa, na tampa da caixa-d'água que acumula folhas secas, na cara do Tobias, numa bexiga lilás que apareceu misteriosamente em seu armário, no bigode do pai, na mão frouxa da mãe, na amiga da loira transparente cujos peitos parecem peras gigantes; pensa nos pés, em sua própria mão, nos dedos que apertam o pau, no sol escondendo-se atrás da árvore como se pousasse em um de seus galhos, no céu que se estende em arco sobre sua cabeça e, aos poucos, mergulha numa escuridão lenta e surda feito uma explosão ao contrário. Pupi parou de latir. Está deitada no meio do pátio, e agora, envolta por uma estranha luz azul, concentra seus esforços em destruir a cabeça de uma boneca extraviada.

4

Guiado pelo funcionário, Ramiro fintava as mesas, numa operação tão intrincada que às vezes dava num caminho sem saída — e era preciso voltar, tentar outra rota, cavar novos espaços entre a multidão. Ramiro quis desistir, mas o funcionário nem olhava para trás. Não tinha jeito: em meio ao caos, aquela nuca intumescida havia se transformado numa espécie de tábua de salvação, e abandoná-la significaria perder-se para sempre.

A certa altura, o funcionário estacou. Num gesto vitorioso, virou o pescoço e, com o nariz, apontou para algum lugar à esquerda. Ramiro apertou os olhos, tentou vislumbrar qualquer coisa parecida com uma mesa vaga, mas só foi capaz de ver um casal de velhos e uma aquarela empoeirada. A senhora tomava sopa, o marido fazia esforço para abotoar o casaco, e quando Ramiro voltou-se para pedir ajuda o funcionário não estava mais lá.

Confusão mental. Leve estremecimento. Ao lado, o casal seguia ocupado. A velha levava a colher à boca. Seu marido, arqueando os braços, continuava tentando encaixar o botão do casaco na casa correspondente. Ramiro pensou em sair dali, mas então a velha largou a colher, ergueu os olhos, apertou os lábios murchos e disse:

— Inclusive nos ambulatórios.

Ramiro não entendeu. Apontou a própria orelha, indicando que não tinha escutado bem, e a velha falou de novo.

— Vou ficar com o suflê.

E de novo.

— Só depende da prefeitura.

E de novo.

— Eles não tinham se separado?

Ramiro fechou os olhos. Abriu. Fechou de novo, para garantir, e então olhou para a velha, que agora o encarava com ar perplexo. Ela tinha a boca fechada, mas as frases continuavam brotando, porque a questão das macas, e a planilha oito, e ela tem umas pernas, e no domingo à tarde, e eles deviam ir à merda. O falatório flutuava pelo salão, as vozes acumulando-se numa nuvem invisível. Por um momento, Ramiro teve a impressão de que aquelas palavras só existiam para ele, que se agarravam a seus tímpanos feito crianças num trepa-trepa. Teve vontade de enfiar um garfo no ouvido, na ilusão de arrancar aquilo dali. Uma sensação incômoda tomava seu peito. Era como se aquelas frases, combinadas ao acaso, pudessem revelar algum tipo de verdade fundamental, ou detonar qualquer coisa perigosa e irreversível. Talvez bastasse uma palavra, pronunciada sem pretensão ou finalidade, como uma bola chutada ao acaso — e pronto, estrago feito, sem chance de apelação.

Mas por que é que não podia ser diferente? Onde estava o fascínio em colocar-se de lado, esticar os ouvidos, ir desmembrando o falatório até o osso? A dinâmica dos diálogos. As encenações, os apartes, os volteios, os pequenos duelos travados nas entrelinhas, a possibilidade de acompanhar tudo com ardor oco e entregue — onde tudo isso tinha ido parar? Até algum tempo atrás, Ramiro ostentava um talento incomum nesse tipo de atividade. No velório de

Nestor, por exemplo, passara boa parte do tempo sentado num canto, brincando com o próprio chaveiro. As pessoas entravam, o cumprimentavam, mas era como se ninguém existisse, ou melhor, como se só existissem o chaveiro e o rumor em volta. Ramiro registrava tudo — seria capaz de descrever cada modulação de voz, cada sussurro, cada diálogo consternado. A mãe mal fica em pé. Diz que ele tinha bebido. Você viu o estado do carro? Um gemido transtornado grifava as conversas, dando às palavras um ar absurdo. Num canto, Milena e Egídio trocavam um abraço interminável. Apoiado sobre o caixão lacrado, Bilica balbuciava sozinho, relembrando uma história antiga que incluía Nestor, vodka, um quadro a óleo, algumas gotas de urina. Horas depois, na cama, recuperando-se de uma trepada desesperada com Tati, Ramiro percebeu que tinha se despedido do amigo sem sequer pensar nele, e a descoberta daquela habilidade provocou um arrepio sombrio em sua espinha.

Uma mancha azul banhou o olhar de Ramiro. Por um segundo, uma idéia desvairada tomou conta de sua cabeça. Chegou a gaguejar: Nes...tor? O desatino foi interrompido pelo garçom, que bufava à sua frente, equilibrando pratos sujos numa bandeja. Ramiro deu passagem, respirou fundo, tentou mais uma vez retomar o controle das coisas. Era impossível. O que se via ali era um rapaz em pé, vestindo um roupão usado, parado no salão de um hotel, cercado por hóspedes e obstetras, observado por uma velha esfomeada, e em sua cabeça tudo se chocava e perdia lentamente o sentido.

Mas a palavra chegou. Veio emaranhada numa frase confusa, cheia de fiapos, expulsa aos pontapés de dentro do pulmão. A voz que a emitira, rouca e exaltada, acabou se perdendo entre as outras, mas a palavra ficou. Ramiro, que àquela altura tinha desistido de qualquer tipo de luta ou resistência, percebeu a palavra se aproximar, e invadir sua concha auditiva, e não pôde fazer nada senão acompanhar seu trajeto. E ela chegou lá. E estacionou. E se abriu, revelando-se em sua absoluta solidez e pureza. Então Ramiro escutou: tornozelo.

Já não dava para voltar atrás. As sílabas, aos poucos, começaram a desenhar a imagem: era possível enxergar a textura da pele, a marca do osso, as pequenas manchas e concavidades. Em pouco tempo a palavra se diluiu, a imagem começando a fazer-se por si mesma. A linha desceu pelo pé, começou a contornar os dedos, foi traçando as imperfeições de cada unha; ao dobrar a curva do calcanhar, registrou uma marca de nascença na altura do tendão. Chegou à batata da perna, onde foi possível notar uma leve contração na panturrilha e, ao fim da coxa, esbarrou numa calcinha de algodão.

Uma mulher. Uma mulher se fazendo, palmo a palmo, e é claro que desde o primeiro instante Ramiro já sabia de quem se tratava. A linha desceu a outra perna, voltou, enfiou-se no abismo do umbigo; quando terminava de traçar os seios, fez uma curva inesperada e saiu galopando braço afora, enrolando-se nos pêlos, borrifando pequenas pintas ao longo da pele branca. A mão. Os dedos longos. As linhas da palma, confusas como um mapa viário. Então a mão se moveu, roçou o ombro, e o traçado aproveitou para enveredar pescoço acima, desvendando as orelhas, o nariz, as sobrancelhas, os fios de cabelo.

Resignado, Ramiro esperava que aquilo terminasse logo. Haveria um momento em que a figura de Tati ficaria pronta em sua cabeça, e ele a sentiria viva dentro de si, e aquilo arderia como nunca — e então pronto, caso encerrado, Ramiro poderia seguir em frente, os corredores acarpetados do Royal Soft Residence recebendo-o com o conforto e a tepidez a que estava acostumado. Com o tempo, aquela lembrança se dissolveria, e Ramiro poderia voltar tranqüilamente à sua vida de renúncia e água tônica.

A linha segue o percurso. Abandona o rosto, começa a traçar o outro braço. Quando chega à mão, entre as dobras das últimas falanges, algo parece surgir entre os dedos. Um cigarro. Tati o leva à boca, dá uma última tragada, seu rosto iluminado pela brasa que quase toca o filtro. Ela estende o braço na escuridão — e o cigarro pousa num corpo estranho, inicialmente invisível. É quando acontece o inesperado: a linha deixa o cigarro, começa a traçar o contorno do cinzeiro, passa ao criado-mudo, ao abajur, à cama onde Tati está deitada. Seu quarto começa a se desenhar, ponto a ponto, com minúcia cirúrgica.

Não fazia sentido. Aquela era a lembrança de Tati, e a ela deveria se restringir. Havia, na concepção de Ramiro, uma plausibilidade lógica em devaneios como aquele — leis, por assim dizer, que não podiam ser quebradas. Era inconcebível, assim, que a linha tivesse abandonado o corpo de Tati, descortinando detalhes como as meias no chão, os buracos do carpete, os avisos colados no armário. O carregador do celular. Os óculos de aro verde, usados apenas quando ela ia ao cinema. Ramiro balançou a cabeça. Olhou mais uma vez para a velha à sua frente. Ela havia terminado a sopa e agora analisava as sobrancelhas num pequeno espelho de maquiagem. Ramiro pensou que podia puxar alguma conversa com ela, que talvez conseguisse aliviar a cabeça se simplesmente direcionasse o pensamento para outro lado. Então disse:

— Tahiti.

A velha não se moveu. Ramiro tentou dizer outra coisa, mas só foi capaz de pronunciar palavras como "Sting", "Chaplin" ou qualquer outro nome estampado nos pôsteres do quarto de Tati. Ele tinha os pés no restaurante, mas mantinha-se ligado às imagens que se multiplicavam dentro de sua cabeça. Cada detalhe novo — as bolhas da pintura, por exemplo, ou a franja despenteada da roupa de cama — o atormentava profundamente, e não parecia haver nada que pudesse ser feito para remediar a situação.

Tinha ficado insuportável. O tempo parecia parado, a velha enfrentando o espelhinho enquanto seu marido dobrava-se sobre os botões do casaco, prestes a engolir a si mesmo. Com algum esforço, Ramiro apoiou-se sobre um calcanhar, girou sobre ele, estendeu a mão no espaço vazio. Por um instante, teve a impressão de que estava tudo acabado: não encontraria nada, desabaria no abismo da própria incompreensão. Mas havia uma cadeira, uma sólida e compacta cadeira que sua mão agarrou como um trapézio. Ele ergueu a cabeça. Tossiu. Refez o nó do roupão. Ao fundo, conseguiu vislumbrar a porta de vidro. Num acesso de lucidez, traçou uma linha mais ou menos precisa entre o emaranhado das mesas e então partiu, mecânico, ignorando os obstetras, as samambaias, os garçons, o barulho dos talheres, as conversas que reverberavam como uma turbina velha e defeituosa.

-5

Elas riem com exagero, e fazem caretas, e às vezes passam longos minutos analisando as próprias unhas. Elas conversam entre si, e cochicham, e trocam olhares conspiratórios, e estão do outro lado da mesa mas é como se estivessem sozinhas, como se o mundo tivesse ruído a seus pés e agora isso fosse infinitamente menos importante que o comprimento dos cílios ou o novo boato escolar — que nunca inclui, é claro, os dois moleques que insistem em manter-se sentados do outro lado da mesa, na inconfessável ilusão de que alguma delas, num momento de fraqueza, resolva lhes dirigir a palavra.

Bem que o Bilica tinha avisado. Do alto de sua feiúra quase alienígena, Bilica já sabia que eles chegariam lá e sentariam numa mesa e passariam a tarde sendo ignorados, tossindo feito uns tuberculosos e enchendo a barriga de coxinhas frias. Quando surgiu o convite, ele alertou Ramiro, que alegou que uma festa nunca é ruim antes de começar — a frase saiu assim, pré-fabricada, e ela deve mesmo ter vindo de outro lugar, talvez de um desses anúncios de televisão. Bilica levantou as sobrancelhas, já prevendo o desastre, e soltou um suspiro, numa expressão muito parecida com a que exibe agora, sentado à mesa colocada no jardim, cercado por pratos de plástico, tentando transformar um guardanapo num avião de guerra. Sentado a seu lado, Ramiro mergulha o dedo no refrigerante e pensa que talvez o Bilica tivesse razão, que aquilo provavelmente não levará a lugar nenhum, que quem tem sorte mesmo é o Nestor que arrumou um compromisso de família e conseguiu se safar dessa roubada.

A piscina está deserta. A música vibra de um jeito esquisito. A altura do som obriga as pessoas a gritar — e a cena é essa, mesa, piscina, meia dúzia de meninas se esgoelando, dois moleques arrumando o que fazer com as mãos, um jardim adornado com pequenas estátuas, restos de comida, latas de refrigerante, a empregada que às vezes aparece com uma bandeja cheia de doces, um gato que devora as migalhas e move-se feito um hipopótamo. As pálpebras de Ramiro começam a pesar. Sua mãe ficou de vir às cinco, e ele se impacienta, e isso se reflete em seu dedo, e o resultado é que o copo acaba oscilando e o refrigerante cai todo sobre seu colo. Ramiro solta um palavrão sem som, olha em volta, assegura-se de que o incidente passou despercebido. Então levanta e procura o caminho mais discreto rumo ao banheiro.

O caminho inclui dar a volta na piscina, simular algum interesse nas flores dos fundos, contornar a varanda e entrar na casa pela cozinha. Ramiro está abandonando a mesa quando escuta um som de automóvel, uma buzina, um assobio entusiasmado.

— Meus pais. Merda.

As palavras saíram da boca de Laila, a dona da festa. É a líder do grupo de meninas, a principal formadora teórica desse modo de se comportar que, combinando empáfia e delicadeza, faz delas tão insuportáveis quanto irresistíveis. Quando Ramiro chega à varanda, pode ver Laila erguendo-se de sua cadeira, arregalando os olhos, fazendo gestos enfáticos na direção da picape. É inútil. O automóvel estaciona no gramado, abre as portas e libera um grupo de adultos que inclui, além dos pais da anfitriã, uma tia magricela e dois casais de amigos da família.

A animação dos adultos é proporcional ao desconforto de Laila. Ao notar que os pais ignorarão seus gestos e virão em sua direção, ela se adianta e os alcança no meio do gramado. O que se vê a seguir é um pequeno espetáculo em que a menina tenta desesperadamente convencer os pais a irem embora, ao que eles respondem com requebros da cintura, palmas, beijos gelatinosos. Laila se contorce, bate os pés no chão, os pais a arrastam pelos braços rumo à varanda e tem início um balé desengonçado que só termina quando a filha se solta e corre para dentro, chorando, batendo portas, odiando profundamente.

Ela passa bem do lado de Ramiro. Do outro lado da piscina as amigas cochicham, enquanto Bilica, agora sentado na grama, descobre novas aplicações para seus guardanapos. Na varanda, o pai já empunha uma garrafa de uísque, servindo os convidados, que gargalham e inventam coreografias. Ramiro nota que a mãe de Laila ostenta uma gravidez de vários meses. Fica mais um pouco ali, estático. A mulher tem um jeito particular de se mover, o sorriso ameno, a mão direita apoiada sobre a barriga enquanto o resto do corpo oscila com uma espécie de sonolência. A certa altura, a tia magricela descobre Ramiro ali no canto, o que o obriga a correr para dentro e trancar-se no banheiro.

Ramiro olha-se no espelho. Põe-se de lado. Ergue a camiseta. Infla a barriga. Já viu algumas grávidas por aí, mas aquela, em particular, chamou sua atenção. Talvez porque seja a mãe da Laila. Talvez porque dance. Talvez porque sua barriga esteja prestes a explodir — o fato é que de repente a possibilidade de uma pessoa carregar outra dentro de si parece absurda e fascinante. Ramiro começa a acariciar a barriga. Imagina alguém lá dentro, a cara amassada, os membros apertados um contra o outro. Imagina um bebê, os olhos inchados tateando a própria cegueira, a mulher dançando na varanda enquanto, dentro dela, uma criança desconhecida dorme e se alimenta. Alguém grita lá fora, e Ramiro volta a si. Quer se limpar mas percebe que não é possível, seria preciso tirar a calça e enxaguá-la e esperar que seque. A imagem da grávida vai e volta dentro de sua cabeça, Ramiro começa a se inquietar e não lhe resta outra alternativa senão voltar silenciosamente ao jardim.

O som foi desligado. Os pais, enfim, entraram em casa, e agora gargalham no sofá da sala. A aniversariante, de volta à mesa, tem a cara inchada e é consolada pelas colegas. Enfadado, Bilica largou os guardanapos e agora, a alguns passos da mesa, tenta oferecer um pedaço de coxinha ao gato rechonchudo. Ramiro se esgueira entre as plantas, desvia das cadeiras, se agacha a seu lado. Ficam alguns segundos em silêncio, até que Bilica, sem se virar, diz:

— Gato é muito chato.

Ramiro continua calado. Bilica enfia a mão no bolso, tira dali uma bola grudenta, arranca um pedaço de algo parecido com um brigadeiro. Estica o braço para o gato, que se afasta, andando para trás.

— Cê viu a mãe da Laila? — pergunta Ramiro.

— Vi — responde Bilica, compenetrado. — Ela tava bêbada. Eu sei quando as pessoas ficam bêbadas.

O gato volta a se aproximar. Vem lento, malicioso, os olhos faiscantes.

— Cê viu ela dançando? — insiste Ramiro. O gato se assusta e foge.

É difícil saber como tudo começa. Bilica deve ter ficado puto com Ramiro, porque dá um empurrão nele que o faz cair na grama e sujar a camiseta. Ramiro o empurra de volta, e então os dois se atracam. As meninas se afastam, soltando uns gritinhos aflitos, e não dá para saber se é por causa da briga ou da chuva que começa a cair. A empregada aparece, pede para eles pararem com aquilo, mas acaba desistindo e vai tirar os doces de cima da mesa. Os golpes doem, Ramiro não sabe direito por que aquilo está acontecendo, Bilica acerta-lhe o estômago e isso só aumenta sua raiva, ele responde com uma gravata e é claro que em pouco tempo os dois estão completamente enlameados, rolando pela grama até que alguém grita lá de dentro, Ramiro, sua mãe chegou, e os dois imediatamente param a briga e saem correndo, o pés explodindo dentro das poças. Entram no carro como dois foguetes, e a mãe começa a urrar de fúria, porque onde já se viu se emporcalhar daquele jeito, porque eles não são mais bebês, porque chegando em casa vão lavar o estofamento e nada de videogame essa noite. Ah, Bilica, e você se prepare, acho que sua mãe vai gostar de saber o que você e o seu amigo andam aprontando. Ela continua a berrar, mas Ramiro não consegue pensar em mais nada, apenas resfolega e olha para Bilica que passa saliva num raspão do cotovelo. Dá para ver que ele faz esforço para não retribuir o olhar, que não quer encará-lo porque é óbvio que eles não vão conseguir se segurar, que vão olhar um para o outro e acabar estourando e gargalhando feito dois desmiolados — e isso não será nada bom para o desenrolar do fim de semana.

5

A fuga do salão deu a Ramiro um alívio temporário. Era bom estar de volta ao universo do Royal Soft Residence. A harmonia dos corredores. A coerência das alas. A simetria do hall de entrada. Havia algo de reconfortante em viver num lugar como aquele, onde cada detalhe parecia fundado nas idéias de equilíbrio, repetição e prolongamento.

Ramiro olhou para baixo. Um carpete esverdeado se estendia sob seus pés. Enfeitando a tapeçaria, duas fileiras de losangos brancos; entre eles, três faixas vermelhas seguiam paralelas e, a intervalos regulares, entrelaçavam-se, desenhando um nó intrincado. Não havia nada de mais, era um padrão como qualquer outro, mas aquilo chamou a atenção de Ramiro, e o puxou pelos olhos, e de repente ele se viu andando em frente, o olhar colado ao carpete. Quando chegou ao entroncamento, sentiu-se obrigado a parar, agachar, tentar compreender como aquilo funcionava. Era confuso: as faixas dobravam-se umas sobre as outras, faziam curvas e volteios e era difícil acompanhar o caminho de cada uma delas, seria preciso desfazer aquele nó e, a partir daí, remontar todo o sistema.

O corredor começava a ficar povoado. As pessoas saíam do restaurante, seguiam rumo ao hall de entrada, aos elevadores, ao centro de convenções. Passavam em volta de Ramiro, lançavam olhares em sua direção. Um rapaz distraído chegou a pisar em sua mão. Outro, provocador, fingiu tropeçar nele. Ramiro nem notou — estava hipnotizado, farejando o carpete como um cachorro esfomeado. Seria possível que a faixa do meio sumisse sob as outras duas? Que a cada cinco ou dez metros, ali onde as faixas se entrelaçavam, o sentido geométrico daquele carpete desaparecesse, dando origem a uma abstração sem lógica? O dedo de Ramiro ganhou um tremor nervoso. Os losangos brancos latejavam sobre a tapeçaria. O corredor crescia com o olhar. Tudo reverberava. Era como se, de uma hora para outra, os objetos tivessem ficado nus, rebelando-se contra seu estado natural de imobilidade e estupidez.

A certa altura, depois de algum tempo naquela posição, Ramiro percebeu que, com um truque de ótica, era possível fazer as faixas se unirem. Bastava juntar um pouco os olhos, forçando um leve estrabismo, e o que se formava era uma mancha uniforme que se estendia ao longo de todo o carpete. Ramiro esboçou um suspiro, ergueu-se, bateu a poeira do roupão. Fixou o olhar na faixa vermelha que, agora, reinava sozinha no meio do carpete, firme, resoluta, estendendo-se pelo corredor com a solidez de uma locomotiva. Pronto: havia um trilho. Uma rota. Uma saída, enfim, em meio ao turbilhão de alternativas que, a cada segundo, brotavam diante de seus olhos. Havia coisas demais, barulhos demais, pessoas demais. Tudo se acumulava dentro dele, tudo se misturava e se multiplicava, sua cabeça transformando-se num antro em que uma idéia cruzava com outra, e se reproduzia, e dava origem a filhos defeituosos, irmãos que voltavam a se reproduzir e geravam aberrações ainda mais canhestras e incontroláveis.

Uma linha, reta e vermelha. Ramiro a acompanhava, as

mãos cravadas nos bolsos do roupão, o olhar elétrico na direção do carpete, e aos poucos os barulhos começaram a cessar. As paredes, as pessoas, tudo foi perdendo a nitidez, e desaparecendo, e de repente Ramiro se viu sozinho, percorrendo a faixa vermelha com zelo de equilibrista, os braços abertos, o corpo tenso, os pés avançando lentamente, um depois do outro.

Um depois do outro. As pantufas, mais largas que os pés, ultrapassavam um pouco os limites da linha, o que dificultava o equilíbrio — e era preciso não pensar nos pés, nem em pantufas, apenas respirar fundo e confiar na ordem das coisas, no modo inevitável com que tudo se ajeita. Embalado, Ramiro deixava-se levar, os membros perdendo peso, os olhos semi-adormecidos fitando a faixa que parecia crescer aos poucos, engolindo a cena, até o fim.

O fim chegou numa bolsa de couro, dessas fechadas por um zíper superior. Na frente, fazendo as vezes de fivela, dois pequenos imãs controlavam o acesso aos bolsos. Havia também uma alça comprida, trespassada, e Ramiro devia ter adivinhado que em algum momento aquela imagem voltaria à sua mente. Um movimento afobado abriu o zíper. Era uma mania, a bolsa estava arrumada mas ela sempre precisava olhar outra vez, mexer em tudo, trocar as coisas de lugar. Ramiro ainda lembrava de quando tinha comprado o presente. Era difícil agradar a Tati, seu gosto era tão particular, Ramiro viu a bolsa na vitrine e pensou que a questão estava resolvida, ela gostava de bolsas e de coisas vermelhas e então pronto, uma bolsa vermelha. É claro que não era assim tão simples, um gosto não segue uma lógica estrita, na verdade suas roupas e acessórios eram ao mesmo tempo tão singelos e improváveis que pareciam existir em função dela, depender de sua presença para ganhar substância.

Pois ela havia gostado da bolsa. E começado a usá-la, como agora, quando finalmente pára de mexer em seu interior e, diante do espelho, ajeita o cabelo com as mãos. Ela está dentro do quarto, em meio ao caos de suas coisas, e olha em volta, e encontra um lápis, e com ele improvisa um coque que deixa à mostra o contorno de sua nuca. Então acontece: ela abre a porta. Lá fora, aos poucos, os objetos ganham contornos, o corrimão da escada, o cabideiro, o móvel do telefone. Ela sai, fecha a porta, começa a descer e o que se percebe é que, a cada passo, mais coisas surgem: os degraus se formam no vazio, o corrimão cresce em sua mão, os retratos na parede ficam mais e mais reconhecíveis. Antes de chegar à porta da rua, Tati olha no relógio e, com um grito displicente, dá o aviso:

— Tô indo no Ramiro.

A frase soou tão natural que demorou uns segundos até que ganhasse significado. Quando se deu conta do que acontecia, Ramiro estava no hall do hotel, sob a luz morna do lustre central, cercado de hóspedes e carregadores de mala, e já não havia losangos brancos ou faixas vermelhas que lhe indicassem aonde ir. Seu esforço mental, ao invés de recolocá-lo no caminho desejado, o tinha devolvido ao ponto de partida. Ramiro suspirou, refez o nó do roupão, deixou-se levar por uma espécie de resignação extenuada — porque agora já não adiantava nenhum artifício, nem mesmo o velho truque de refugiar-se na multidão de anônimos e, no rosto alheio, fugir um pouco de si mesmo.

Não. De que adiantaria qualquer artimanha se, com seu jeito suave de se mover, Tati ajeita a bolsa no ombro e bate a porta atrás de si? Nem bem ela sai de casa, as coisas começam a ser colocadas no lugar de origem: postes se fincam no chão, edifícios brotam de dentro da terra, fios de energia rasgam o ar, pedestres surgem em rascunhos sem rosto —

e o que se vê é o velho bairro sendo refeito, as ruas que Ramiro conhecia tão bem, árvores, lojas, velhos botecos, o percurso de dez ou doze quadras que separava a casa dos dois e que durante alguns meses tinha se transformado em sua rota preferencial, único caminho do planeta em que não se sentia andando em falso.

Tô indo no Ramiro. Ela disse isso e saiu, e agora segue em frente, impávida, mascando um chiclete, carregando a bolsa vermelha, olhando para as coisas com uma paz devoradora. O dia acabava, dava para ver o saguão ficar repleto de obstetras se convidando para um trago, executivos carregando valises reluzentes, famílias de hóspedes disputando a primazia da máquina fotográfica, funcionários trocando de turno, taxistas uniformizados distribuindo falsa simpatia, e em meio a tudo aquilo Ramiro sentia a memória se enroscar em seu corpo feito uma raiz daninha, e aquilo incomodava, e fazia coçar, e era preciso sair dali e entrar num elevador e voltar ao quarto onde, entre paredes sem nome e o frigobar renovado, talvez fosse possível se desembaraçar de tudo e, quem sabe, reencontrar a paz de sua alma desativada.

-6

Comestível. O carro da avó é um Corcel creme e, assim como todas as outras coisas que a envolvem, parece comestível. As unhas. A pele do pescoço. O lápis que ela passa nos olhos, como se decorasse um doce de Natal. Ramiro não gosta de nozes. Roger vomita quando come azeitonas. A avó dirige mal, mas isso não parece ter importância. Ela usa luvas de couro, dessas que não têm a ponta dos dedos, e uns óculos escuros que escondem metade do rosto. Olha pelo retrovisor:

— Fiz torta de maçã, viu?

Ramiro está entretido com o relógio de pulso. Quer acertar o horário, mas ainda não aprendeu a ler os números. Roger bafeja na janela e faz desenhos com a ponta do dedo. Um pinto. Dois pintos. Três pintos, sendo que o último tem três bolas. Dá risada. Chama Ramiro. Chama de novo, cutucando-o no ombro, mas Ramiro apenas solta um grunhido aborrecido. Roger suspira, volta-se para a janela, começa a cantarolar uma música estridente. Ramiro pede que ele pare, mas o irmão passa a cantar mais alto, e isso dá início a um acesso mútuo de histeria que só termina quando o carro pára num sinal vermelho e a avó se vira e encara os dois. Ela abre um sorriso.

— Vocês ouviram? Fiz torta de maçã.

Um carro buzina. A avó estica o dedo para o motorista. Ele acelera, muda de faixa, emparelha com o Corcel. Começa a gritar, mas não dá para escutar o que diz. A avó xinga. O homem gesticula. Cada ofensa funciona como uma alfinetada nas duas crianças, que berram e se contorcem no banco de trás. Roger mostra a língua, Ramiro bate na janela, a avó segue xingando e aquilo só termina quando o próximo sinal fica amarelo e o Corcel pára e o homem do outro carro, ainda enfurecido, acelera fundo e segue em frente. Roger e Ramiro mal conseguem respirar. A avó fecha a janela, liga o rádio e dirige em silêncio até sua casa.

A casa da avó é gigantesca. Tem zonas misteriosas, porões sombrios, armários obscuros. Tem gavetas repletas de objetos incompreensíveis, e um quarto com um espelho que ocupa a parede inteira, e um casal de periquitos chamados Tancredo e Risoleta. Tem ratos. E um banheiro com sacada. E uma portinhola no teto da cozinha, que Ramiro não sabe onde vai dar.

Escurece. Aos poucos começam a chegar as convidadas da avó. A primeira é tia Regina, dona do baralho. É tudo o que Ramiro sabe sobre ela, além do fato de gostar de beber e de usar uns tênis surrados que nem parecem de velha. Quando ela entra, com uma garrafa de uísque numa das mãos, a avó solta um grito estridente e corre para abraçá-la, pedindo desculpas pelas mãos molhadas. Sorridente, tia Regina beija os meninos, põe a garrafa em cima da mesa e começa a cóntar para a avó que o Jair arrumou emprego e isso é uma dádiva porque aquele lá dentro de casa, olha, ia acabar dando merda. A avó ouve atenta, enquanto termina de secar uns pratos. Sentado no sofá, lambuzado de torta de maçã, Ramiro olha para o irmão e pergunta o que é dádiva. Roger dá de ombros.

Elas estão arrumando a mesa quando chega o resto das amigas, uma atrás da outra. A última, tia Edna, traz a neta, uma menina gordinha, de rabo-de-cavalo. Ela entra, passa na frente de Roger e Ramiro e, ignorando a presença dos dois, pergunta se pode assistir televisão. É claro, responde a avó, aproveitando para pedir a Roger que a ensine a ligar o aparelho. Ramiro continua atarefado com o relógio, já tirou do pulso e agora tenta apertar os botões com a ponta da unha. Roger, mudo, liga a televisão e volta ao sofá, onde lê gibis. As velhas já se sentaram à mesa, e quando a avó surge da cozinha com o suco e as torradas, é recebida com uma espécie de ovação. A única que não aplaude é tia Regina, que está dando as cartas e prefere uísque.

Ramiro está prestes a desistir do relógio quando Roger o cutuca. Aponta para a menina: está imóvel, os olhos fixos na televisão. As velhas também não se mexem, e não fosse o leve farfalhar das cartas sobre a mesa talvez desse para acreditar que foram congeladas. Então Roger faz um gesto para Ramiro, e os dois começam a se esgueirar pelos móveis até entrar debaixo da mesa.

Estar ali é esquisito: existem os pés, e os sapatos, e as pernas protegidas por calças ou meias de seda, e tudo parece pertencer a outra ordem terrestre. Ramiro logo reconhece as pernas da avó. Seria capaz de reconhecer suas coxas, se fosse preciso; as viu uma vez, numa viagem à praia. A imagem ficou cristalizada dentro de sua cabeça, o maiô verde, os peitos gelatinosos, as mãos duras pedindo que não nadassem para o fundo, a pelanca dos braços balançando freneticamente — e, é claro, as coxas. Os buracos nas coxas. A vibração delas, quando a avó caminhava.

Roger trouxe sua revista para baixo da mesa. Tenta ler, apesar da pouca luz. Ramiro continua a exploração do local. Uma das velhas tem um inchaço no pé direito, o que a obriga a usar um sapato especial. Outra não pára de bater os joelhos. Tia Regina mantém-se imóvel, as pernas dobradas para trás, os tênis cruzados um sobre o outro. Quando se agacha para analisar o fio que pende de uma meia-calça, Ramiro sente um movimento atrás de si. Vira-se, temendo ser descoberto, e então vê: a neta da tia Edna entrou ali.

Os irmãos ficam petrificados com a presença da menina. Ela, ao contrário, age com a maior naturalidade, sentando-se entre os dois, ajeitando a saia, encarando-os com um sorriso. Não parece a menina carrancuda que chegou vinte minutos atrás. Roger finge ler sua revista; Ramiro, nervoso, se atém à análise do fio solto. Pensa no que aconteceria se o puxasse, imagina a meia se desfazendo em suas mãos, as pernas nuas revelando inchaços, varizes, deformações monstruosas. É mais ou menos nessa hora que começa a sentir algo estranho entre as pernas.

A menina não faz nenhum movimento, nem mudou a expressão. A mão dela descansa dentro da calça de Ramiro, bem junto a seu pau. É uma mão inerte e gelada, mais parecida com um bicho morto. Ramiro não entende direito o que está acontecendo, não sabe para onde apontar os olhos, aos poucos desenvolve uma leve vontade de chorar, que controla com dificuldade. Roger assiste a tudo, mas também não se move — apenas abre um sorriso amarelo. A cena se sustenta por longos segundos, até que a menina, com a mesma naturalidade com que enfiou a mão ali, decide tirá-la. Ela pede para os dois manterem o silêncio. Faz um gesto indicando o sapato de uma das velhas, se aproxima, começa a desamarrar o cadarço. Repete a operação com o outro pé e então amarra os dois, formando uma espécie de armadilha. Ramiro e Roger trocam um olhar inquieto. Agora não tem jeito: viraram cúmplices. A menina aponta a saída, se esgueira para fora da mesa, deixa aos irmãos a sensação de que não resta outra alternativa senão segui-la diligentemente.

A fuga é rápida. Após engatinharem até a sala do telefone, eles correm escada acima e, ofegantes, trancam-se no quarto das visitas. É um lugar pequeno, abarrotado, um depósito improvisado; o pó é tanto que quem dorme ali costuma passar a noite inteira espirrando. Cada um se aboleta num canto, recuperando o fôlego. Então eles se olham, e a menina esboça um sorriso, e de repente os três estouram numa gargalhada. Não dá para saber quem começou: quando viram, já estavam pulando, jogando-se no chão, em convulsões incontroláveis de euforia. A menina solta um grito. Ramiro gosta da idéia e grita também. Logo Roger se junta a eles, e as vidraças começam a tremer, e de repente Ramiro esqueceu de toda a aflição anterior, apenas pula e grita e é impossível pensar em outra coisa. Ele não sabe o motivo de estar tão feliz, mas isso não tem a menor importância. O grito se espalha pelo quarto, parece preenchê-lo, e por um momento Ramiro tem a impressão de que, se parar de gritar, o quarto murchará como uma bexiga esvaziada.

Exauridos os pulmões, restam as pernas. Eles estão correndo em roda, perseguindo um ao outro, quando de repente Roger estaca e Ramiro, que vem logo atrás, se choca violentamente contra suas costas. Não dói nada, Ramiro dá risada e se vira para continuar a brincadeira, mas nisso seu cotovelo se ergue e atinge em cheio o nariz da menina, que não teve tempo de parar. É quase um nocaute. Ela cai sentada no chão e, levando a mão ao rosto, vê que o nariz sangra. Faz-se um silêncio estranho, a menina fica olhando para a cara de Ramiro, por um momento parece que vai espirrar ou falar alguma coisa engraçada — mas aí seu rosto começa a se retorcer, e a ficar deformado, e ainda demora uns segundos até que ela comece a chorar. É um choro convulsivo, acompanhado por um berro que mais parece uma sirene, e Ramiro tem vontade de tapar os ouvidos para atenuar o barulho. Ela o encara, o olhar ensopado, e vê-se que o ódio que sente é da espécie mais pura e total — e então ela se levanta e sai correndo.

Ramiro não sabe o que fazer. Olha para o irmão, mas esse já escapole dali, fazendo-se de desentendido. Sozinho, cercado por aquele amontoado de bugigangas, Ramiro é tomado por uma sensação de calor, de sufocamento, o coração batendo violentamente dentro do peito. Ele estragou tudo. Sente ter cometido uma atrocidade inconcebível, e agora não consegue sequer se mover, a angústia o prendendo ao chão como uma âncora enferrujada. Depois de algum esforço, tudo o que consegue é jogar-se na cama e, cavando espaço entre montanhas de livros, pastas velhas e caixas de roupa, pegar uma almofada e cobrir a cabeça com ela.

Acaba funcionando. A escuridão é confortável, aos poucos a aflição começa a ceder. As tensões amolecem, Ramiro vai se sentindo embalado por uma brandura agradável, um sopro de alívio tomando o peito. Ele sabe que aquilo não durará mais que um instante, que em poucos minutos sua avó aparecerá pedindo explicações e então o mundo voltará a sua cadência furiosa e inexplicável, repleta de unhas compridas, relógios de ponteiro, cadarços, sinais de trânsito, tortas de maçã. Ramiro sabe de tudo isso, mas ainda assim, por um momento apenas, tem a certeza de que, enquanto estiver debaixo daquela almofada, ele é indestrutível, e nada de mal poderá lhe acontecer, nunca, em hipótese nenhuma.

6

Voltar ao quarto. Saborear seu silêncio, a falsa paz do mundo organizado. A arrumadeira fizera um bom trabalho, tudo estava limpo e no lugar. Uma seda fina parecia cobrir as coisas. O frigobar soltou um relincho. Ramiro foi até lá, abriu a porta, contemplou a miríade de garrafas coloridas. Pegou uma água tônica.

Não demorou e Ramiro lembrou-se da veneziana. Com um saquinho de castanhas na mão, andou até a janela. A tarde caía. As luzes dos apartamentos acendiam-se sem ritmo definido. Num deles, uma mulher recolhia as roupas do varal; em outro, um rapaz que falava ao telefone aproveitava para regar as plantas.

Ramiro olhou para as unhas. Estavam sujas. Seu corpo inteiro, na verdade, cheirava mal, e o contraste com o quarto arrumado só fazia destacar ainda mais sua imundície. Ele sentia o roupão grudando na pele; suas mãos deixavam marcas nas coisas; um vapor tóxico emanava das axilas. Era curioso: a sujeira, envolvendo seu corpo, oferecia a Ramiro uma espécie de conforto, como um agasalho. Mas também havia o nojo de si mesmo, a vontade antiga de se esfregar até o osso, e era oscilando entre esses extremos que ele olhava para as mãos e reparava na maneira sutil com que a sujeira se depositava sob as unhas mal cortadas.

Houve um tempo na vida de Ramiro em que era possível olhar para as coisas e, sem esforço algum de concentração ou desprendimento, não obter resposta nenhuma. Árvores eram árvores, venezianas não passavam de venezianas, o mundo era uma bola opaca e era bom sentir que se podia confiar no que se via, que não havia risco de que tudo se transformasse num espelho sinuoso. O tempo tinha torcido as coisas, já não era mais possível fitar as pontas dos dedos e imaginar que ali havia apenas um amontoado de unhas encardidas. Não era possível fugir do ônibus tremelicante, da velha do banco da frente, das crianças de mochila dando risada do bigode comprido do cobrador, das mãos dela que seguravam as suas e fabricavam uma espécie estranha de inocência, algo que era sujo e infantil e que, em Ramiro, gerava comichões tão grandes de felicidade que ele se via na obrigação covarde de simular ironia e forjar caretas de inteligência. Você tem unhas de mulher, ela disse, e aquela lembrança era tão viva que parecia tocá-lo, Ramiro tinha dado duas ou três respostas debochadas mas ela nem percebera, seguia falando da risada do avô que era igual à dela e veja só como escureceu depressa, os postes nem acenderam e já ficou quase de noite.

Ramiro analisou a janela. Não foi preciso muito esforço para descobrir que sim, a arrumadeira tinha tentado consertar a veneziana, mas não, os trilhos continuavam amassados e não era possível mover as lâminas um centímetro sequer. A janela permaneceria aberta, Ramiro teria que dormir sob as luzes que insistiam em invadir seu quarto, piscando, chamando sua atenção.

Sentou na poltrona. Num dia normal, aquela seria a hora de se ajeitar, fechar os olhos, zerar as coisas dentro da cabeça. Costumava dar certo, o corpo cedendo, as idéias se assentando, os ouvidos ganhando certa intimidade com o silêncio, Ramiro se via quieto e sozinho e de repente tudo abrandava, o coração boiava tranqüilo dentro do peito e parecia não haver nada que pudesse abalar aquela paz milagrosa. Não durava muito tempo. O passo seguinte — e Ramiro jamais seria capaz de dizer quando ou como isso acontecia — era tudo começar a sucumbir, o pensamento brotando de novo, fresco e transparente. Vinham as palavras, mas nelas não havia qualquer tipo de maldade ou intenção, e as frases que se formavam eram banais e vazias, e por alguns segundos era possível contemplar o pensamento em seu embrião. Era aí, geralmente, em meio a esse estado quase mórbido de pureza, que começavam os jogos, e de repente Ramiro se via novamente entretido com a invenção de nomes, ou a contagem das pintas da mão, ou a descoberta de países nas manchas da parede. As idéias vinham sem peso, se enroscavam umas nas outras até o momento em que, entre o quinto e o sexto pernilongo a rondar o abajur ou logo após a apreciação imaginária do desenho da maçaneta, Ramiro abria os olhos e percebia: tinha ficado de noite.

Tinha ficado de noite, e não restava mais nada a fazer senão erguer-se da poltrona e desabar sobre o colchão. Pelótenes, trinta e quatro, Dinamarca, tudo aquilo que povoava sua cabeça era suave e precário, podia extinguir-se com facilidade a partir do momento em que o sono começasse a se desatar. Ramiro dormia. Tinha sonhos cinzentos, manchas anônimas que flutuavam de um lado para o outro. Às vezes acordava no meio da noite, assustado, mas era como um soluço: quando via, já estava dormindo outra vez, mastigando palavras que nunca eram pronunciadas, experimentando uma aflição que não tinha nome e por isso era doce e indolor — e a noite passava.

Desta vez, no entanto, tinha sido diferente. Ramiro sentou na poltrona, fechou os olhos, tentou se concentrar. Sua cabeça era um grande depósito iluminado, cheio até o teto, impossível de administrar. Idéias viciadas, lembranças carcomidas, tudo estava jogado ao acaso, ocupando seu cérebro com indolência e sofreguidão. Era como se Ramiro, ocupado por uma multidão de hóspedes, agora não conseguisse expulsá-los de casa. Se ao menos houvesse um jeito de traçar o caminho contrário, trancá-los ali e fugir correndo — mas não. Pensar naquilo, na verdade, era abrir a casa a um novo intruso, envolvendo Ramiro numa cadeia de desdobramentos mentais que só teria fim quando um desvio qualquer do pensamento o transportasse a outra idéia, e depois a outra, e assim sucessivamente.

É em meio a esse caos que ela reaparece. Ela sempre esteve lá, na verdade, mas é agora, quando tudo se esfacela, que sua figura surge com mais força. Sua imagem, ao contrário das outras, não vem em fragmentos: ela é um corpo sólido, que avança, firme, em meio a montanhas de sucata. Carrega uma bolsa vermelha, calça tênis sem meia, tem o cabelo preso num coque e, ao parar numa esquina de menos movimento, lança a seu redor um olhar que abarca uma pequena praça, árvores esparsas, um escorregador abandonado. Ela atravessa a rua, vai margeando a praça, pula as falhas da calçada e não pode deixar de sorrir quando vê o banquinho de concreto onde, meses atrás, sentou-se com Ramiro para comer um sanduíche e o viu ser atacado por um batalhão de formigas. Na esquina seguinte ela dobra à esquerda, avançando mais alguns metros até uma pequena rua sem saída, que divide o quarteirão pela metade. Ela entra nessa rua, e a paisagem que se descortina à sua frente provoca em Ramiro um calafrio atroz.

É a sua rua. Ele pode reconhecê-la, linha a linha. A velha quitanda. A casinha do guarda. A calçada estourada pela raiz da mangueira. Tati tem aquele olhar de varanda, lento, acolhedor, e cada passo que dá atinge Ramiro como um tiro na cara. Ele se levanta da poltrona. Caminha até a janela, tenta olhar para fora mas sua vista não se atém a nada, nem às sacadas dos outros edifícios, nem aos faróis dos carros que, lá embaixo, começam a encher a cidade. O que Tati faz ali? Ela não sabe que ele foi embora? As perguntas não têm muita utilidade. Não existe nada, apenas a rua, a bolsa vermelha, as pernas que avançam sem pressa, a nuca delgada e macia, tão boa de cheirar e passear com a língua.

Agora ela se agacha para amarrar o cadarço. Ainda não terminou quando, de trás de um portão, surge o gato da vizinha. Ele se aproxima, ela tenta alcançá-lo com a mão mas ele se mantém a uma distância segura, torcendo o corpo, soltando miados ambíguos. Novo susto de Ramiro: o gato observa Tati, mas reparando bem nota-se que seu olhar a atravessa. De certa forma, o gato olha para Ramiro. É claro que é só uma impressão, o gato provavelmente está interessado num passarinho ou numa janela aberta, mas Ramiro se assusta, e tenta se esconder, e sai cambaleando pelo quarto até trombar violentamente no pé na cama.

Gemidos. Dor filha-da-puta. A canela de Ramiro lateja tanto que parece ter desenvolvido um coração particular. Ele esfrega a mão na perna, solta um palavrão, sente uma raiva difusa, uma vontade quase irresistível de destruir alguma coisa. Não é preciso muito para que a imagem volte, Ramiro sente a presença do gato e precisa se mexer, fugir, se esconder, e é tomado por uma espécie de instinto de sobrevivência que ele se endireita e, mancando, consegue se esgueirar até o banheiro.

A essa altura ela já se levantou, deu tchau pro gato, retomou a caminhada. É uma tarde nítida, quase transparente, e Tati a atravessa com decisão e suavidade. Ramiro passa a chave na porta do banheiro, certifica-se de que está realmente trancada. Tira o roupão. Senta no vaso. Precisa arrumar uma distração fisiológica para o próprio corpo, algo que o ajude a diluir o incômodo que o persegue e recuperar o velho estado, a ilusão de estar habitando apenas uma fatia ínfima do presente, como um bicho ou uma planta. É inútil: Ramiro não comeu nada ao longo do dia, à exceção de uma empada e meio saquinho de castanhas — e o intestino não colabora.

Ela chega diante do prédio. É um prédio antigo, desses de três andares. Da rua, com algum esforço, é possível ver uma fresta do apartamento, o teto alto, as paredes nuas, as velhas caixas de papelão. Com o tempo, aquelas caixas tinham virado parte da decoração. Ramiro nunca as esvaziara, elas continuavam espalhadas pelos cômodos e agora eram mesa, cadeira, apoio para copos — às vezes até cama. Mais de uma vez os dois treparam em cima delas. Tati gemia alto. Embora se assustasse com os gritos, Ramiro se ressentia quando, por um motivo qualquer, ela deixava de fazer barulho — era como se lhe faltasse alguma coisa.

Pois agora ela está ali. Inteira. Não lhe falta nada, nem mesmo o jeito de coçar o nariz ou a pequena pinta escondida atrás de uma das sobrancelhas. Ela olha para cima. Franze os olhos, porque o sol lhe bate na cara. Então se empertiga, arruma a bolsa no ombro, abre o portãozinho que separa o prédio da rua. Sentado no vaso, Ramiro também decide se mexer, e se ergue, e anda de um lado para o outro, e começa a se convencer de que aquilo, de fato, talvez não tenha solução. Acende o interruptor. Olha em volta. Está nu e sozinho, e não lhe resta mais nada senão contemplar-se no espelho ou enfiar-se debaixo da ducha gelada.

Só quando a água começa a cair é que Ramiro percebe o quanto precisava daquilo. Por um momento, sente que toda a sua aflição provinha de um desconforto físico, como um bebê de fralda suja. Ele se ensaboa, olha para baixo, acompanha com alívio a água escura se dirigindo para o ralo. Faz questão de lavar cada parte do corpo. Lembra-se de ensaboar regiões normalmente esquecidas, como a sola do pé, as pálpebras, a cartilagem da orelha. Quando acaba, começa de novo, na mesma ordem, de cima a baixo.

Tati chega diante do porteiro eletrônico. Vacila um instante, abre a bolsa, mexe lá dentro, pega um chiclete — e é mais ou menos nessa hora que, agachado, Ramiro termina de se lavar, dando a última esfregada nos dedos do pé. É aí que tudo recomeça.

Não há tempo para pensar: de um momento para o outro, os pés de Ramiro deixam de ser seus. Ele se ergue num pulo, buscando se afastar daquilo, mas logo são suas pernas que começam a ser tomadas, palmo a palmo. Ramiro pega ar, pensa que é tudo passageiro, lembra que na última vez foi só fechar a ducha e pronto, acabou. Só que agora não adianta, a água termina de descer pelo ralo mas a sensação não muda: quando vê, a virilha já se rendeu, e a barriga começa a lhe parecer estranha. Ele olha para si, tenta se apalpar mas a mão recua, intimidada. Que dedos são aqueles? E as unhas, de onde vieram? Seus membros vão sucumbindo um a um, e já não faz sentido mover-se ou tentar fugir.

Tati aperta o botão do interfone. Enquanto espera, o braço direito apoiado na parede, aproveita para conferir a sujeira do tênis. Ramiro olha em volta. Sente um arrepio: é impressão ou o boxe do chuveiro mudou de tamanho? Passa os olhos na toalha pendurada, estranha as iniciais grafadas em relevo, e então se dá conta de que nunca viu o sabonete estacionado sobre o ralo. Os frascos de xampu têm cores esquisitas. O desenho dos azulejos não faz sentido nenhum. Está cercado por coisas, mas nada lhe diz nada: seus olhos o abandonaram, é impossível reconhecer o que quer que seja ali dentro. Ramiro sai do boxe, anda pelo banheiro, volta ao quarto — todo o hotel lhe parece estranho. De uma hora para outra, ele percebe que não faz parte daquele lugar, que nunca esteve ali, que não tem idéia de como foi parar lá dentro. Senta na cama. Começa a sentir um comichão nas entranhas, uma vibração selvagem na altura do peito. Tati insiste no interfone. Então Ramiro ri.

SOBRE O AUTOR

Chico Mattoso nasceu em Paris, em 1978. Formado em Letras pela USP, já trabalhou como tradutor, jornalista e roteirista de televisão. É um dos autores de *Cabras* (Unisol, 1999) e *Parati para mim* (Planeta, 2003). Paralelamente à ficção, é co-editor da revista *Ácaro* e realiza trabalhos como colaborador para editoras e revistas. *Longe de Ramiro* é seu primeiro romance.

Este livro foi composto em Minion
pela Bracher & Malta, com
CTP da Forma Certa e impressão
da Bartira Gráfica e Editora em
papel Pólen Bold 90 g/m², da Cia.
Suzano de Papel e Celulose, para a
Editora 34, em setembro de 2007.